명탐정 셜록 홈즈의 사건 수첩

명탐정 셜록 홈즈의
사건 수첩

초판 1쇄 인쇄 | 2022년 5월 13일
초판 1쇄 발행 | 2022년 5월 20일

지은이 | 아서 코난 도일
엮은이 | 채빈
펴낸이 | 박영욱
펴낸곳 | 깊은나무

경영지원 | 서정희
편 집 | 고은경·장정희
마케팅 | 최석진
디자인 | 민영선·임진형
SNS마케팅 | 박현빈·박가빈

주 소 | 서울시 마포구 월드컵로 14길 62
이메일 | bookocean@naver.com
네이버포스트 | post.naver.com/bookocean
페이스북 | facebook.com/bookocean.book
인스타그램 | instagram.com/bookocean777
전 화 | 편집문의: 02-325-9172 영업문의: 02-322-6709
팩 스 | 02-3143-3964

출판신고번호 | 제2013-000006호

ISBN 979-11-91979-15-2 (13840)

명탐정 셜록 홈즈의 사건 수첩

아서 코난 도일 지음 | 채빈 엮음

깊은나무

아마도 셜록 홈즈는 소설 주인공 중에 가장 매력적이고 인기가 많은 캐릭터일 것입니다. 추리력과 관찰력이 매우 뛰어나고 운동 신경도 좋아서 사건을 척척 해결합니다. 또 의협심뿐만 아니라 정의감도 넘칩니다. 어린이들이 좋아하는 만화인 〈명탐정 코난〉에도 셜록 홈즈를 모델로 삼아 만든 캐릭터가 나옵니다. 이 만화에서 어린이가 되었을 때의 주인공 이름은 코난, 고등학생이 되었을 때의 이름은 남도일입니다. 바로 셜록 홈즈를 탄생시킨 작가의 이름인 코난 도일에서 따온 이름입니다.

홈즈는 인기가 많아서 그동안 수많은 영화, 만화, 드라마 등의 주인공으로 등장했지만, 정작 코난 도일이 쓴 원작 소설을 어린이들이 읽기는 조금 힘들었습니다. 왜냐하면 셜록 홈즈가 등장하는 시대와 배경이 되는 나라는 19세기 말 영국이기 때문입니다. 우리나라만 해도 1897년에 대한 제국이 건립되었고, 근대화가 진행되어가는 격변의 시대였습니다. 우리나라의 19세기 말도 아직 생소한데 그

221B

시대의 영국을 이해하며 책을 읽는다는 것은 더욱 힘들 것입니다. 문제는 그 시대의 영국을 이해하지 못하면 셜록 홈즈의 매력에 풍덩 빠질 수 없다는 것입니다.

그래서 셜록 홈즈가 등장하는 네 개의 장편 소설을 어린이들이 읽기 쉽게, 또한 매력적인 셜록 홈즈와 왓슨의 이야기를 살아 있는 단편으로 고쳐 쓰자고 마음먹었습니다.

이 책에는 《주홍색 연구》 《네 개의 서명》 《바스커빌가의 개》 《공포의 계곡》 등 코난 도일이 셜록 홈즈를 주인공으로 한 네 편의 소설이 모두 들어 있습니다. 몇 가지 사건이나 등장인물은 재구성하였지만, 셜록 홈즈의 번뜩이는 재치는 그대로 살아 있어서 충분히 재미를 느낄 수 있을 것입니다.

셜록 홈즈는 이런 말을 했습니다.

"천재란 말이지, 이렇게 귀찮은 일을 감당해내는 능력이 있어야 해."

그렇습니다. 홈즈의 뛰어난 추리력과 관찰력은 그냥 하늘에서 뚝 떨어진 것이 아닙니다. 모두 귀찮은 것을 참고 이겨 내기 위한 노력 덕분이었습니다.

모든 어린이들이 이 책을 재미있게 읽고, 관찰력과 추리력을 키워 나갔으면 합니다.

• 차 례 •

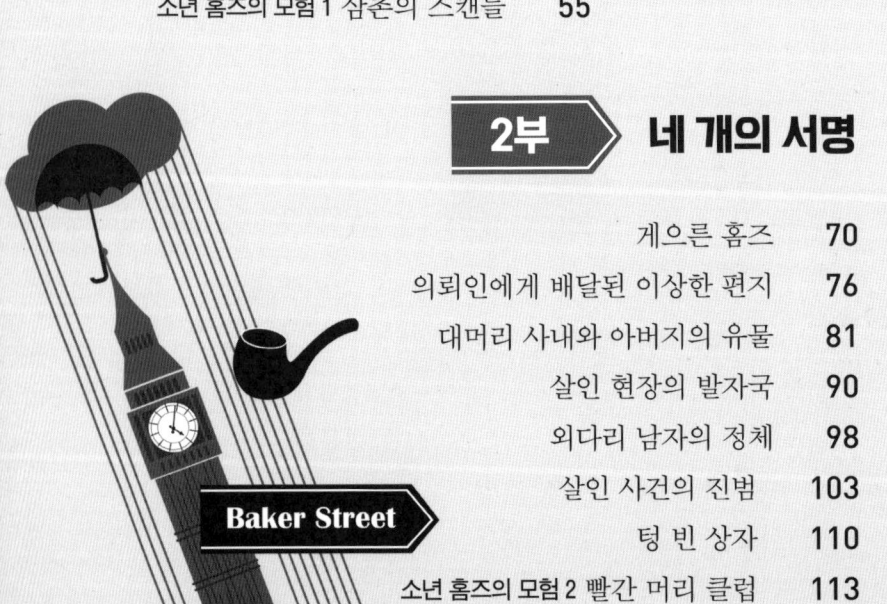

Baker Street

Sherlock Holmes Collection

1부

주홍색 연구

홈즈와 왓슨의 첫 만남

"드디어 만들었군. 역시 내 생각대로야."

얼굴이 마르고 키가 큰 남자가 대학교의 실험실에서 혼잣말로 중얼거렸다. 남자의 얼굴은 자신감에 차 있었다.

그때 문이 열리고 두 남자가 걸어 들어왔다.

"홈즈 씨, 이분이 방을 구하고 있다고 해서 모셔 왔습니다."

키 큰 남자의 이름은 홈즈로, 런던 베이커 가에 있는 자기 집에서 함께 살 사람을 구하는 중이었다.

"처음 뵙겠습니다. 왓슨이라고 합니다."

홈즈는 왓슨을 흘깃 바라봤다. 그러고는 자신이 만들고 있던 시약 쪽으로 고개를 돌렸다.

"이것만 있으면 범죄 현장 조사는 문제없겠어. 왓슨 씨, 이것 한번 보세요. 아프가니스탄에서 군의관으로 근무하다가 의병 제대(병이 나거나 다치는 바람에 군대 생활을 원래 예정했던 것보다 빨리 마치는 것)한 지 얼마 안 되었으니 이 시약이 무엇에 쓰는 것인지 정도는 잘 아시겠죠?"

왓슨은 깜짝 놀랐다. 실제로 왓슨은 다리를 크게 다쳐서 의병 제대를 했기 때문이다.

"아니, 저를 아시나요? 제가 아프가니스탄에서 군의관으로 근무한 걸 어떻게 아시죠? 그리고 의병 제대를 한 것도요?"

홈즈는 시약을 바라보며 말했다.

"사람의 행동에는 많은 정보가 담겨 있지요. 왓슨 씨는 아직 군인의 걸음걸이를 버리지 못하고 걸어 들어오시더군요. 말투는 고급스러웠고요. 군인 중에 그런 말투를 쓰는 사람은 군의관밖에 없지요. 추리가 맞았다니 기분이 좋은데요."

"그러면 아프가니스탄에서 근무하다가 의병 제대를 한 것은 어떻게 아셨죠?"

홈즈는 왓슨을 돌아보며 약간 거만한 표정을 지었다.

"선생님의 피부는 지금 까맣게 그을려 있습니다. 더운 지방에서 근무했다는 뜻이지요. 그렇다면 영국 군대가 주둔하고 있는 곳 중 더운 나라는 어디일까요? 최근 아프가니스탄에 많은 군인이 파병되었다는 기사가 신문에 자주 실렸지요. 그렇다면 선생님은 아프가니스탄에서 근무를 한 것이고, 들어올 때 모습을 보니 다리가 약간 불편해 보이더군요. 그렇다면 의병 제대밖에 답이 없죠. 제 말이 틀렸나요?"

왓슨은 말이 나오지 않았다. 정말로 관찰력이 대단한 사람이었다. 왓슨은 무심히 계속 시약을 매만지고 있는 홈즈에게 말을 걸었다.

"그런데 당신은 무슨 일을 하는 분인가요?"

홈즈는 대답하지 않고 시약을 들어 보였다.

"그보다 이 시약을 먼저 좀 보세요. 자, 이제 피가 좀 있어야 하는데……."

홈즈는 두리번거리더니 탁자 위의 작은 바늘을 들어 자신의 손가락 끝을 찔렀다. 빨간 피가 한 방울 흘러나오자 비커 속에 떨어뜨린 뒤 물과 섞었다.

"자, 제대로 되었다면 반응이 나와야 하는데……."

홈즈는 비커에 조금 전 만든 시약을 몇 방울 떨어뜨렸다. 비커의 물은 금세 적갈색으로 변했다.

"하하하! 역시……."

홈즈는 호쾌하게 웃으며 설명해 주었다.

"이 시약은 핏속에 들어 있는 헤모글로빈에 반응하는 시약입니다. 사건에 따라 몇 주 혹은 몇 달이 지나서야 용의자를 발견할 때가 있지요. 그런데 용의자의 옷에 얼룩이 남아 있다고 칩시다. 용의자는 과일을 먹다가 묻은 거라고 발뺌을 하겠죠. 그럴 때 이 시약을 사용하는 겁니다. 이 시약은 피에만 반응하니까요."

"대단하군요."

왓슨은 감탄하며 말했다.

"아, 조금 전 제가 무슨 일을 하느냐고 물어보셨죠? 전 보다시피 이런 일을 합니다. 제 추리력과 관찰력, 그리고 과학적 지식을 바탕으로 정의를 실현하는 사람이지요."

"그렇다면 형사인가요?"

"아니요. 전 그렇게 매여 있는 일을 좋아하지 않아요. 전 탐정입니다. 바이올린 연주 소리만 싫어하지 않는다면 이 집은 최고의 집일 것입니다."

왓슨은 홈즈의 손을 단단히 잡고 악수했다. 왓슨은 왠지 흥미로운 일들이 많이 일어날 것 같다는 생각을 했다.

빈집 살인 사건

왓슨은 홈즈가 연주하는 아름다운 바이올린 소리를 들으며 문득 이런 생각을 했다.

'참 이상한 사람이야.'

홈즈는 평소에 아무 일도 안 하고 멍하니 생각에 잠겨 있었다. 그런데 어떤 날은 잠시도 가만히 있지 못하고 왔다 갔다 하며 혼잣말을 했다. 오늘은 바이올린의 아름다운 선율이 흘렀다.

홈즈와 친구로 지내기로 한 왓슨은 테이블 위의 과학 잡지를 집어 들었다. 잡지를 뒤적이다가 '인생을 말한다'라는 제목의 논문을 본 왓슨은 화를 내며 홈즈를 불렀다.

"홈즈, 이 논문 좀 보게나. 정말 말도 안 되는 이야기만 가득하네. 내가 읽어 볼 테니 잘 들어 보게."

홈즈는 바이올린 연주를 멈추고 왓슨의 이야기를 들었다.

"논리적인 사람은 바다를 보거나 폭포 소리를 듣지 않고도 물 한 방울에서 거대한 바다와 폭포의 가능성을 추리해 낼 수 있다.' 이런 허무맹랑한 논문이 과학 잡지에 실리다니……."

왓슨은 화가 난 듯 잡지를 테이블 위에 던졌다. 홈즈는 무표정한 얼굴로 왓슨을 바라보며 말했다.

"그 논문은 내가 쓴 걸세."

"자……자네가?"

왓슨은 당황해서 얼굴이 벌겋게 달아올랐다. 그렇지만 궁금증은 사라지지 않았다.

"그러면 사람을 척 보고 그 사람이 어떤 사람인지 알 수 있다는 말인가?"

"많은 훈련만 한다면 가능한 얘기네. 자네가 아프가니스탄에서 왔다는 걸 바로 맞히지 않았나."

홈즈는 평소와 다름없이 자신감에 찬 목소리로 말했다.

"우연일지도 모르지. 그러면 저기 이 집 쪽으로 걸어오는 하얀 옷을 입은 남자가 어떤 사람인지 맞힐 수 있겠나?"

홈즈는 창문 쪽으로 고개를 슬쩍 내밀었다.

"우리에게 편지를 배달하러 오는 저 해병 하사관 출신 말인가?"

"우리에게 편지를 배달하러 오는 해병 하사관이라고? 내가 확인할 수 없다고 너무 넘겨짚는 것 아닌가?"

홈즈는 의자에 기대앉으며 덤덤하게 말했다.

"두고 보면 알겠지."

잠시 후 '딩동' 하고 초인종 소리가 울렸다. 왓슨이 문을 열자 조금 전 이 집 쪽으로 걸어오는 하얀 옷을 입은 남자가 서 있었다.

"이곳이 홈즈 씨 댁이지요? 편지를 전달하러 왔습니다."

왓슨은 편지를 들고 얼떨떨한 표정을 지었다.

"바쁘지 않다면 잠시 무엇 좀 물어보겠습니다. 혹시 전에 무슨 일을 했는지 말씀해 주실 수 있나요?"

"해병대에서 하사관으로 일했습니다. 다른 용무가 없다면 이만 가 보겠습니다. 좀 바빠서요."

남자는 서둘러 밖으로 나갔다.

"봤지? 이제 내가 쓴 논문을 믿어 줄 텐가?"

멍한 표정의 왓슨은 편지를 손에 든 채 말했다.

"도대체……."

"도대체 어떻게 알았느냐고? 한번 들어 보게. 일단 손에 편지를 들고 우리 집 쪽으로 걸어오고 있었으니 편지를 배달하러 오리라는 것은 아주 쉽게 알 수 있었지. 문제는 어떤 일을 했는가 인데……. 걸음걸이를 보니 군대에서 훈련을 받은 사람의 전형적인 모습이었고, 중년임에도 여전히 걸음걸이가 흐트러지지 않은 걸 보니 하사관 출신이라는 걸 알 수 있었지.”

“그렇다면 해병대라는 것은 어떻게 맞혔나?”

“하하! 왓슨, 자네는 관찰력을 더 길러야겠네. 뻔하지 않은가. 팔에 큰 닻 모양 문신이 있었으니 맞힐 수 있었지. 창문을 통해 봤는데도 훤히 보였거든. 그나저나 손에 있는 편지, 들고만 있지 말고 한번 읽어 주게나.”

왓슨은 감탄하며 손에 든 편지를 뜯어서 읽었다.

“‘3번지 빈집에서 사건이 발생했습니다. 원래 빈집이었는데 순경 두 명이 순찰을 하다가 그 집에서 신사 한 명이 죽어 있는 것을 발견했습니다. 주머니에는 ‘드리버’라는 사람의 명함이 들어 있었는데 주소는 미국이었습니다. 방에 핏자국이 많이 남아 있었지만 시체에는 상처가 하나도 없었습니다. 도저히 단서를 찾을 수 없어 도움을 요청합니다. 그렉슨 형사가.’”

홈즈는 편지 내용을 다 듣고 살짝 미소를 지으며 옷을 입었다.

“그렉슨 형사는 런던에서 그나마 괜찮은 형사야. 자, 가세.”

왓슨은 황급히 옷을 챙겨서 홈즈를 따라나섰다.

사건 현장에 남은 단서들

런던 특유의 안개가 짙어지고 있었다. 홈즈와 왓슨이 탄 마차는 3번지 앞에 멈춰 섰다.

사건 현장인 빈집 앞에서 경찰 한 명이 지키고 있었고, 호기심에 구경꾼들이 눈을 반짝이며 두리번거리고 있었다.

홈즈는 마부에게 마차를 빈집에서 조금 떨어진 곳에 세워 달라고 한 후 왓슨과 함께 천천히 빈집 쪽으로 걸어갔다. 이때 홈즈는 고개를 구부정하게 숙이고 바닥을 자세히 살피며 걸었다. 간밤에 비가 와서 집 앞에 웅덩이가 생겼는데, 홈즈는 그곳 주위를 살피더니 뭔가 혼자서 중얼거리다가 고개를 끄덕였다.

홈즈가 집 안으로 들어가니 편지를 보낸 그렉슨 형사가 반겨 주었다.

"이렇게 와 주셔서 정말 감사합니다."

"현장 보존은 잘해 두셨겠죠?"

"지금 보시는 대로입니다."

홈즈는 고개를 절레절레 흔들며 말했다.

"집 앞은 엉망이더군요. 얼마나 많은 사람들이 왔다 갔다 했는지 모를 정도로요."

그렉슨은 면목이 없다는 듯 고개를 살짝 숙이는 것으로 미안함을 표시했다. 홈즈는 형사에게 마치 범인에게 하듯 질문했다.

"혹시 여기 오실 때 마차를 타고 왔습니까?"

"아니요. 걸어왔습니다."

"사건 현장 발견 이후 이곳에 마차를 타고 온 사람은 없었습니까?"

"예, 아무도 없었습니다."

홈즈는 고개를 끄덕였다. 미간에 살짝 주름이 잡히는 것이 뭔가 생각난 듯한 모습이었다.

잠시 후 사건 현장을 둘러보았다. 사각형의 방에는 창이 하나 있었고 그 앞에 타다 남은 초가 있었다. 어젯밤 불을 밝힌 초인 듯했다. 오랫동안 사람이 살지 않은 듯 방에는 곰팡이가 슬어 있었다.

방 안에는 마흔 정도 되어 보이는 신사의 시체가 있었다. 고급 양복을 입고 양팔을 좌우로 벌린 채 죽어 있었다. 상처는 없었고 몸부림을 치다 죽었는지 기묘한 자세를 취하고 있었다. 방 이곳 저곳에는 많은 핏자국이 남아 섬뜩했다.

홈즈는 시체를 자세히 살펴보았다. 죽은 신사는 에나멜 구두를 신고 있었는데, 홈즈는 구두를 들어서 바닥을 자세히 살펴보았다. 그러고는 신사의 입에 코를 갖다 대고 냄새를 맡았다.

"시체는 처음 그대로입니까?"

홈즈는 이렇게 말하며 고개를 들어 그렉슨 형사를 쳐다보았다.

"주머니에 들어 있는 물건을 조사한 것 빼고는 그대로입니다. 주머니에서 이런 게 나왔습니다."

그것은 작은 소설책이었다. '스탠거슨'이라고 서명이 되어 있었다. 책 주인이 책에 이름을 써 둔 것 같았다. 홈즈는 형사를 다시 쳐다보며 물었다.

"스탠거슨이라는 사람에 대해서 알아보았나요?"

"지금 찾고 있는 중입니다."

"이 신사의 주머니에서 명함이 나왔다고 했는데, 거기에 쓰인 주소에 대해서는 뭔가 알아낸 것이 있습니까?"

"주소지인 미국 클리블랜드 쪽 경찰에 협조를 요청하는 전보(전화가 발명되기 전에 전기 신호로 소식을 전하던 것)를 보냈습니다. 도움이 될 만한 정보가 있으면 알려 달라고 했습니다."

홈즈는 고개를 가로저었다.

"그렉슨 형사님, 질문은 구체적으로 해야 합니다. 도움이 될 만한 정보를 보내 달라고 했다는 건 아무것도 보내지 말라는 말과 같습니다."

그렉슨 형사의 얼굴이 다시 한 번 벌겋게 달아올랐다.

"이제 이 시체는 치워도 됩니다."

홈즈의 말이 끝나기 무섭게 그렉슨 형사는 밖에 있는 경찰들을 불러 시체를 치우게 했다. 경찰들이 들것을 가지고 와 시체를 치우려고 하는 순간, 신사의 품 안에서 반지 하나가 또르르 굴러 떨어졌다.

"뭐지?"

그렉슨 형사가 반지를 주웠다. 홈즈는 옆에서 반지를 자세히 살펴본 뒤 말했다.

"이건 결혼반지입니다. 크기를 보니 여자 반지군요."

"그렇다면 범인은 여자가 틀림없습니다."

그렉슨 형사가 의기양양하게 외쳤다.

"그렇게 단정 짓지 않는 게 좋을 텐데요."

"홈즈, 홈즈! 이리로 와 보게!"

옆방에서 왓슨이 다급하게 외쳤다. 홈즈와 그렉슨 형사는 옆방으로 달려갔다.

"별생각 없이 거닐다가 이런 것을 발견했네."

왓슨은 손가락으로 벽을 가리켰다. 벽지가 조금 뜯겨 나간 곳에 피로 쓴 글씨가 보였다.

RACHE

"대단하네, 친구. 탐정과 함께 지내니 자네의 관찰력도 날로 좋아지는군."

홈즈는 왓슨을 칭찬한 후, 돋보기를 들어 글씨를 자세히 살폈다. 미간을 찌푸리며 얼굴을 벽 쪽 가까이 갖다 대기도 하고, 주머니에서 줄자를 꺼내어 바닥에서 글씨까지의 높이를 재기도 했다. 그러다가 혼잣말을 하듯 중얼거렸다.

"천재란 말이지, 이렇게 귀찮은 일을 감당해 내는 능력이 있어야 해."

그렉슨 형사는 글자를 몇 번이나 되뇌다가 확신에 찬 목소리로 외쳤다.

"레이철(RACHEL)이라고 쓰려던 것이 분명합니다. 그런데 끝까지 다 못 쓴 거죠. 신사가 죽기 전에 범인이 누군지 알려 주려고 했던 겁니다. 내가 뭐라고 했습니까? 여자가 범인이라고 하지 않았습니까?"

홈즈는 미동도 하지 않고 말했다.

"죽기 직전에 옆방까지 가서 증거를 남기려다가 끝까지 쓰지도 못하고 원래 있던 방으로 돌아와서 죽었다는 것은 말도 안 됩니다. 공연히 헛수고하지 마세요."

그렉슨은 약간 화가 난 듯 말했다.

"그러면 누가 범인이란 말이오?"

홈즈는 그렉슨을 자신만만하게 쳐다보며 말했다.

"이 사건은 살인 사건이고 범인은 젊은 남자입니다. 1미터 80센티미터 정도의 큰 키에, 발은 조금 작고 각진 구두를 신었으며, 피살자와 함께 마차를 타고 이곳까지 왔습니다. 마차를 끈 말은 최근에 새 편자(말굽을 보호하기 위해 댄 쇳조각)를 앞발에 달았습니다. 범인은 손톱이 긴 편이지요. 마지막으로 이건 확실하지 않지만 얼굴이 붉은 편일 겁니다."

그렉슨은 못 믿겠다는 표정을 지었다. 홈즈는 말을 이었다.

"그리고 레이처(RACHE)는 레이철(RACHEL)을 쓰려다 만 것이 아니고 독일어로 '라헤'라고 쓴 것입니다. '복수'라는 뜻이지요. 하지만 신경 쓰지 마세요. 아마도 범인은 최근 신문에 난 독일의 살인 사건을 흉내 내서 수사를 어렵게 하려고 한 것 같으니 말입니다. 그러면 저는 이 사건 현장을 처음 발견한 경찰을 만나 보러 가겠습니다."

멍한 표정의 그렉슨 형사를 뒤에 남겨 놓고 홈즈는 빈집을 빠져나왔다.

신문 광고 유인 작전

사건 현장을 처음 발견한 경찰은 렌스였다. 왓슨은 렌스의 집으로 가는 마차 안에서 홈즈에게 물었다.

"깜짝 놀랐네. 범인의 특징을 어찌 그렇게 자세히 알았지?"

"사건 현장에 모든 답이 있는 법이네. 그것을 볼 수 있는 사람과 볼 수 없는 사람으로 나뉠 뿐이지."

"궁금하니 어떻게 추리했는지 좀 알려 주게나."

홈즈는 특유의 자신만만한 표정을 지으며 대답했다.

"나는 마차에서 내려 길부터 조사했네. 어젯밤에는 비가 왔지만 오늘은 오지 않았지. 그러니 어제 생긴 자국은 깊게 파였을 테고, 오늘 새로 생긴 자국은 얕게 파였을 것이네. 거기서 어제 생긴 마차 바퀴 자국 하나를 발견했지. 그리고 바퀴 자국 바로 앞에 두 개의 깊은 발자국이 있었네. 발자국 역시 어제 생긴 것이라는 뜻이지. 하나는 피살자가 신은 신발 모양 자국이었고, 또 하나는 각진 구두 모양이었네."

왓슨은 고개를 끄덕였다.

"거기까지는 나도 이해가 되는군. 젊은 남자라고 했는데 그건 어떻게 알았나?"

"집 앞에 있는 웅덩이 기억하나? 웅덩이 주변으로도 발자국이 있었는데 각진 구두 발자국은 웅덩이를 건너뛰어서 나 있더군. 젊은 남자가 아니라면 1미터가 훨씬 넘는 웅덩이를 건너뛰기는 어렵지."

왓슨은 놀란 듯 눈썹이 살짝 위로 올라갔다.

"키가 크고 손톱이 길다는 것은?"

"사람의 보폭을 보고 키를 짐작하는 건 탐정의 기본 능력이네. 게다가 보통 사람은 무의식적으로 자기 눈높이에 글씨를 쓰지. 내가 줄자로 바닥부터 '라헤'라는 글자까지 높이를 재는 것을 보았을 것이네. 또 그 글자 주변에 아주 작게 긁힌 자국이 나 있었네. 손톱이 길다 보니 글자를 적을 때 자국이 남은 것이지. 이런 관찰력은 기본 중의 기본일세."

"도저히 자네의 추리력을 따라갈 수가 없군. 그런데 '라헤'에 신경 쓰지 말라고 한 것은 왜인가?"

"독일에서 일어난 살인 사건에서 '라헤'라는 글자가 라틴 어로 쓰인 채 발견되었지. 이번 사건의 범인이 우리 수사를 혼란스럽게 하려고 독일 살인 사건을 흉내 낸 모양인데, 우스운 것은 라틴 어가 아니라 독일어로 써 놓았다는 거야. 신문에 난 사건을 제대로 읽지 않은 모양이야."

"그렇다면 붉은 얼굴이라고 한 것은?"

"그 부분은 과감히 추리한 걸세. 정확하지 않을 수도 있지. 사건이 결말나면 말해 주겠네."

홈즈와 왓슨이 대화를 나누는 동안 렌스라는 경찰의 집 앞에 도착했다.

렌스는 이미 모든 사실을 다 말했다며, 더 이상 할 이야기가 없다고 했다. 하지만 홈즈가 그에게 알고 있는 사실을 다 말해 주면 그에 대한 대가를 주겠다고 하자 입을 열기 시작했다.

"전 그날 순찰을 하다가 빈집에서 촛불이 일렁이는 것을 발견했습니다. 평소 사람이 살지 않는 집이라 등골이 오싹했지만 한 번 들어가 보기로 했죠."

"그때 일반 경찰용 구두를 신고 있었습니까?"

"예, 그렇습니다."

경찰이 대답하자 홈즈는 중얼거렸다.

"그 앞에서 계속 서성이다 집에 들어갔군요. 그다음엔 어떻게 했습니까?"

"집 안에 들어가자 끔찍한 사건 현장이 눈에 들어왔습니다. 그래서 밖으로 나와 사건을 알리려고 했죠."

"그곳에서 누군가를 만나진 않았나요?"

경찰은 잠시 생각하는 듯 천장을 바라보더니 말했다.

"술주정뱅이 하나 말고는 없었습니다."

홈즈는 중요한 이야기라는 듯 몸을 앞으로 숙이며 물었다.

"술주정뱅이? 그 술주정뱅이의 인상착의는 어땠습니까?"

"글쎄요, 술에 너무 취해 있어서 제대로 볼 수 없었습니다. 다만 얼굴이 붉고 키가 좀 큰 편이었죠."

"손에 채찍은 들고 있지 않았습니까?"

경찰은 영문을 모르겠다는 표정을 지었다.

"그런 건 없었습니다."

"흠, 그럼 그건 두고 왔겠지……."

"무엇을 말입니까?"

경찰은 홈즈를 바라보았다. 홈즈는 안쓰럽다는 듯이 혀를 차며 말했다.

"혼잣말입니다. 그런데 당신은 그날 승진 기회를 놓쳤군요. 가지, 왓슨."

홈즈는 벌떡 일어나 뒤도 돌아보지 않고 길을 나섰다.

다음 날, 홈즈는 전보 한 장을 받아 들고 보일 듯 말 듯한 미소를 지었다.

"왓슨, 난 이제 범인의 이름까지 알아냈다네. 문제는 다음 살인 사건이 일어나기 전에 범인을 잡아야 한다는 것이네."

"범인의 이름까지 알아내다니, 자네는 초능력이라도 갖고 있는 건가? 잠이 확 달아나는군."

커피를 마시고 있던 왓슨이 잔을 내려놓으며 말했다.

"질문이 명확하면 답도 명확한 법, 나는 어제 일을 종합해서 미국 클리블랜드에 전보를 보냈다네. 정확하게 어제 우리가 본 신사, 물론 죽은 신사를 말하는 것이네. 그 신사의 결혼 생활은 어땠는지, 다른 여자는 없었는지 물어봤지. 그에 대한 대답이 내 손에 이렇게 도착했네."

왓슨도 그 전보를 보려는 순간, 아침 신문이 왔다.

홈즈는 재빨리 신문의 광고 면을 펼쳐 보았다. 그러고는 왓슨에게 광고를 보여 주었다. 왓슨이 광고를 읽었다.

"'오늘 아침, 3번지 근처 길에서 여성 반지를 주웠는데 반지의 주인을 찾고 싶습니다. 주인은 베이커 가의 왓슨 박사를 찾아오시기 바랍니다.'"

왓슨은 홈즈를 바라보며 물었다.

"이 광고는 무엇인가?"

"자네 이름을 팔아서 미안하네. 내 이름은 이미 많이 알려져 있어서, 혹시라도 범인이 눈치챌까 봐 자네 이름으로 광고를 냈네."

"홈즈, 자네는 이 광고를 보고 범인이 찾아올 거라고 생각하나?"

"당연하지. 사건 당일 렌스 경찰은 현장에서 범인을 잡을 수 있었는데 거들떠보지도 않았지."

왓슨은 어제 일을 떠올렸다. 분명 렌스 경찰은 홈즈가 말한 인상착의와 거의 비슷한 술주정뱅이를 만났다고 했다.

"그래, 자네가 말한 인상착의와 비슷한 사람을 만났다고 했지."

"범인이 왜 위험을 무릅쓰고 범행 현장으로 돌아왔겠나? 뭔가 중요한 것을 놓고 갔기 때문이지. 그게 바로 이 반지네. 또 독일 살인 사건을 흉내 내 '라헤'라는 글자를 적어 놓은 걸 볼

때 범인은 신문을 꼼꼼하게 보는 사람일세. 따라서 이 광고도 보겠지. 우연히 반지를 주운 것처럼 꾸몄으니까 범인은 반드시 올 것이네. 이 반지는 자네가 갖고 있게. 거의 똑같은 것이니까 범인도 속을 걸세."

왓슨은 홈즈가 건넨 반지를 받았다. 과연 반지 때문에 범인이 이곳까지 찾아올지 궁금했다.

눈앞에서 놓친 범인

뚜벅뚜벅.

홈즈의 집으로 올라가는 계단에서 발소리가 울려 퍼졌다. 왓슨과 홈즈도 나무 계단을 오르는 소리를 들으며 문을 바라보았다. 붉은 얼굴에 키가 크고 각진 구두를 신은 범인이 모습을 드러낼 것인지 궁금했다.

문이 열렸다.

"이곳이 왓슨 박사 댁인가요?"

들어온 사람은 키가 큰 남자가 아니라 나이가 얼마나 들었는지 짐작도 할 수 없을 만큼 주름살이 많은 할머니였다.

홈즈가 눈짓을 보내자 왓슨이 앞으로 나섰다.

"제가 왓슨 박사입니다."

"아유, 고맙습니다. 제 딸이 결혼반지를 잃어버렸다고 해서 이렇게 찾아왔습니다. 어제 서커스 구경을 갔다가 3번지 근처에서 반지를 잃어버렸다고 하더군요."

왓슨은 반지를 보여 주었다.

"이 반지가 맞습니까?"

"아이고, 맞습니다. 징말 감사합니다."

그때 홈즈가 중간에 끼어들어 할머니에게 물었다.

"주소가 어떻게 되지요?"

할머니가 주소를 말해 주자, 홈즈가 받아 적었다. 홈즈가 주소를 받아 적는 동안 할머니는 그를 가만히 노려보았다.

"할머니 물건이 맞는 것 같군요."

왓슨은 반지를 할머니에게 주었다.

"아이고, 고맙습니다."

할머니는 인사한 후 문을 열고 나갔다. 홈즈는 창문 앞으로 가서 할머니가 어디로 가는지 지켜보았다.

"키 큰 남자가 아니지 않나?"

왓슨이 물었다.

"공범이나 심부름꾼이겠지. 저 할머니를 쫓아가 봐야겠네."

홈즈는 재빨리 옷을 입고 나갔다. 할머니는 모퉁이를 돌아 마차에 올라탔다. 아마도 미리 마차를 기다리게 한 것 같았다. 마부가 없는 것을 확인한 홈즈는 몰래 마차 뒤쪽에 매달렸다.

곧 마차는 출발했고, 아까 할머니가 말한 주소에 가까워졌다. 홈즈는 마차가 마치 멈춰 설 듯이 속도를 늦추자 재빨리 뛰어내려 길 건너편으로 달려갔다. 할머니가 그곳에서 내리면 계속 미행할 생각이었다.

그런데 마차는 속도를 늦추는가 싶더니 재빨리 방향을 바꿔 전속력으로 달리기 시작했다. 홈즈는 마차를 놓칠세라 빠르게 쫓아갔지만 따라잡을 수 없었다. 순간 멀어져 가는 마부의 얼굴을 보았다. 얼굴은 붉은 편이었다.

"어떻게 되었나?"

힘 빠진 얼굴로 집으로 돌아온 홈즈에게 왓슨이 물었다.

"보기 좋게 한 방 먹었네. 머리까지 영특한 녀석인 줄은 몰랐어."

홈즈는 정말 기분이 나쁜 듯 주먹을 꽉 쥐었다.

"어떻게 된 건가? 할머니를 놓친 건가?"

"할머니는 무슨 할머니! 녀석이 변장을 한 것이었네. 얼굴에 두껍게 송진을 발라 주름살을 만든 바람에 깜박 속았지. 할머니

치고 덩치가 크다고는 생각했는데, 허리를 워낙 실감나게 구부리고 있어서 방심했지 뭔가."

"그렇다면?"

"할머니가 그 마부고, 그 마부가 바로 범인이었다는 말일세. 마차 안에서 본래의 모습으로 돌아와 마부석에 올라탄 거야. 그것도 모르고 할머니가 내리기만 기다리고 있었던 거지."

홈즈는 고개를 좌우로 돌리며 삼시도 가만히 있지 않고 방 안 여기저기를 왔다 갔다 했다.

'큰일인데, 큰일이야.'

홈즈는 계속 혼잣말을 했다.

"괜찮아. 사람이라면 한 번쯤 실수를 하게 마련이네."

왓슨은 홈즈를 위로해 주려 했지만 홈즈의 목소리는 더욱 커졌다.

"그 한 번의 실수로 또 한 사람이 죽을 수도 있다는 걸 모르나? 살인은 한 번으로 끝나지 않을 걸세. 이번에 범인을 잡았다면 막을 수 있었지만…… 범인이 빠져나갔으니 큰일이군, 큰일이야."

두 번째 살인과 홈즈의 엉뚱한 제안

아침 일찍부터 홈즈의 집은 시끌벅적했다. 동네 아이들이란 아이들은 모두 모여 있는 것 같았다.

왓슨이 방에서 나와 보니 시장통이 따로 없었다.

"이게 도대체 무슨 일인가?"

왓슨은 홈즈에게 영문을 물어보았다. 그러나 홈즈는 대답하지 않고 아이들에게 말했다.

"누가 대장이지?"

홈즈의 말에, 키가 크고 얼굴에 주근깨가 가득한 남자아이 하나가 앞으로 나섰다.

"저요."

"그래, 네가 이 베이커 특공대의 대장이구나. 글은 읽을 줄 알겠지. 이 종이에 쓰여 있는 대로 행동한다. 그리고 이건 활동비야. 이만 해산."

홈즈는 주근깨 소년의 손에 한가득 동전을 쥐어 주었다. 그러자 주근깨 소년은 마치 군인처럼 홈즈에게 거수경례를 했고, 주근깨 소년의 지시에 따라 아이들은 우르르 몰려 나갔다.

그제야 홈즈는 왓슨을 돌아보았다.

"일어났나, 친구?"

"그래, 이제 정신이 조금 드는군. 저 아이들은 도대체 누구인가?"

홈즈는 별것 아니라는 듯 의자에 앉으며 말했다.

"자네도 들은 적이 있지 않나? 베이커 특공대라네. 이 도시의 눈과 귀지."

홈즈는 짧게 대답하고는 더 이상 설명해 주지 않았다.

늘 그렇듯 그때 그렉슨 형사가 초인종도 누르지 않고 집 안으로 들어왔다.

"홈즈 씨, 또 사건이 일어났습니다. 이번엔 호텔입니다."

홈즈는 머리를 감싸 쥐었다.

"아, 염려하던 일이 일어났군."

홈즈는 고개를 숙인 채 미동도 없다가 벌떡 일어났다.

"죽은 자는 스탠거슨이겠군. 왓슨, 어서 일어나지. 여기에서 이러고 있을 시간이 없네."

홈즈는 외출복을 입고 밖으로 나갔다. 그렉슨 형사와 왓슨도 황급히 뒤를 따랐다.

그렉슨 형사는 두 번째 살인 사건이 일어난 호텔로 향하면서 그간의 일을 말해 주었다.

"스탠거슨은 일전에 죽은 드리버의 친구이자 비서입니다. 드리버가 죽었을 때 품에서 나왔던 소설책에서 스탠거슨이란 서명이 발견되었기 때문에 조사 중이었습니다."

"그건 나도 마찬가지였소."

홈즈가 대답했다.

그렉슨 형사는 헛기침을 한 번 하더니 이어서 말했다.

"미국에서 받은 전보로 그 사실을 알 수 있었습니다. 그런데 스탠거슨이 어디에 묵는지 알 수 없었습니다. 그래서 호텔마다 돌아다니면서 조사를 하던 중 오늘 스탠거슨이 묵은 호텔을 찾았는데, 시체로 발견된 겁니다."

홈즈는 재빨리 호텔로 향했다. 한시바삐 사건 현장을 보고 싶었던 것이다.

스탠거슨은 무언가에 찔린 듯했다. 배에 큰 상처가 나 있었고, 근처에서 흉기가 발견되었다. 흉기는 벽난로의 장작을 뒤적거릴 때 쓰는 부지깽이였다.

스탠거슨이 사용하던 책상 위에는 투명한 알약 두 알과 전보 한 통이 놓여 있었다. 전보에는 '호프는 런던에 있음'이라고 적혀 있었다. 벽에는 역시 복수라는 뜻의 독일어 '라헤'가 적혀 있었다.

홈즈는 이번에는 '라헤'라는 글자에 아무런 관심도 없었다. 다만 책상 위에 놓여 있는 알약을 유심히 들여다보고 냄새를 맡았다.

"이제야 모든 수수께끼가 풀리는군."

홈즈는 혼잣말을 하더니 그렉슨과 왓슨을 돌아보며 말했다.

"이분의 죽음은 제 책임입니다. 그래서 잠시 런던을 떠나 있을까 합니다. 저녁 때 오셔서 함께 식사나 하시지요."

홈즈의 뜬금없는 말에 왓슨과 그렉슨은 두 눈이 휘둥그레졌다.

함정에 빠진 범인

어느덧 날이 저물어 어둑어둑해졌다. 홈즈의 말대로 왓슨과 그렉슨 형사는 홈즈의 집으로 왔다. 하지만 홈즈는 무슨 생각을 하는지 방 안에 틀어박힌 채 밖으로 나오지 않았다.

"홈즈 씨가 무슨 생각을 하는지 도통 모르겠습니다."

그렉슨 형사가 왓슨에게 말했다.

"같이 살고 있는 저도 마찬가지입니다."

왓슨은 동의한다는 듯 고개를 끄덕이며 대답했다.

잠시 후 노크 소리가 들렸다. 그러더니 베이커 특공대 중 하나가 안으로 들어왔다.

"홈즈 씨, 밖에 마부가 와 있습니다."

홈즈는 여전히 밖으로 얼굴을 내밀지 않은 채 방 안에서만 말했다.

"그 마부에게 가서 짐이 많으니 방으로 들어와 같이 옮겨 달라고 말해 주겠니?"

"알겠습니다."

아이가 밖으로 나가고 잠시 후 마부가 방 안으로 들어왔다. 마부는 짐을 가지러 홈즈의 방으로 들어갔다.

조용한 방 안에서 갑자기 몸싸움을 하는 소리가 나기 시작했다.

'우당탕 쾅!'

사람이 방문에 부딪히는 소리가 나자 왓슨과 그렉슨 형사는 깜짝 놀라 홈즈의 방으로 뛰어들었다.

방문을 열자 홈즈와 마부가 뒤엉킨 채 싸우고 있는 모습이 보였다. 마부는 힘이 보통이 아닌 듯했다. 팔을 꺾인 홈즈는 쩔쩔맸다. 왓슨과 그렉슨 형사가 합세한 뒤에야 겨우 붙잡을 수 있었다.

"호프 씨, 이제 복수는 모두 끝났소. 순순히 심판을 받으시오."

홈즈의 말을 들은 마부는 체념한 듯 더 이상 저항하지 않았다.

홈즈는 고개를 들더니 그렉슨 형사에게 말했다.

"이번 살인 사건의 범인인 호프 씨를 소개합니다."

그러자 붉은 얼굴의 마부가 고개를 천천히 들었다. 홈즈가 쐐기를 박듯 말했다.

"집 앞에 이자가 타고 온 마차가 있습니다. 그 마차를 타고 경찰서까지 이송하면 됩니다."

홈즈는 마부와 경찰서 유치장 안에서 마주 앉았다.

"이제 모든 사실을 털어놓으시지요."

홈즈는 호프를 딱하다는 듯 바라보며 말했다. 호프의 얼굴은 의외로 평화로워 보였다.

"아마도 홈즈 씨의 집으로 갔을 때, 이런 상황이 오리라 예상했을지도 모르겠습니다. 어차피 지금 아니면 말할 기회가 없을지도 모르니 모두 말씀드리지요."

"기회가 없다니요? 법정에서 말하면 되지 않소?"

옆에 있던 그렉슨 형사가 끼어들었다.

호프는 주변을 둘러보더니 왓슨에게 말했다.

"제가 듣기론 의사라고 하셨는데, 제 심장 소리 한번 들어 보시죠."

왓슨은 의아했지만 호프의 말대로 그의 심장에 귀를 대 보았다.

"이럴 수가! 이 사람은 상당히 위중한 환자일세. 대동맥류 증

상이 있어. 대동맥을 큰 혹이 막고 있어서 언제 터질지 알 수 없다네."

왓슨은 깜짝 놀라 홈즈에게 소리쳤지만, 홈즈는 짐작했다는 듯 고개를 끄덕이며 말했다.

"그래서 내가 얼굴이 붉을 거라고 추리한 걸세. 드리버의 시체에서는 아무 상처도 발견되지 않았는데, 주변에는 피가 많이 있었네. 범인이 갑자기 출혈을 일으켰다는 뜻이지. 몸싸움을 하지 않았다면 무언가 앓고 있는 병이 있다는 뜻이고, 또 갑자기 출혈할 정도의 병을 앓고 있다면 얼굴이 붉은 증상이 있을 거라고 생각한 걸세. 어쨌든 내 추리가 맞았군."

호프도 경탄스럽다는 듯 고개를 끄덕였다.

"이 정도까지 저를 잘 알고 있다면 따로 제 이야기를 들을 필요가 없지 않은가요."

"증거들과 미국에서 온 전보 덕분에 난 상당히 많은 것을 알고 있습니다. 그렇지만 인간의 마음은 정확히 알 수 없는 법이지요. 그래서 호프 씨의 입을 통해서 사건의 정황을 정확히 알고 싶은 것입니다."

"그렇다면 조금 긴 이야기이지만 모두 말씀드리지요."

호프는 이야기를 시작했고, 모두 그 이야기에 빠져들었다.

호프의 사연

　미국에서 목동 일을 하며 광부로 지낸 호프는 사랑하는 여자가 있었다. 루시라는 이름의 여인은 거친 황야에서 먼지를 뒤집어쓰며 말을 달리는 중에도 눈에 띨 만큼 아름다웠다. 루시도 호프를 사랑했고, 루시의 아버지 역시 호프가 마음에 들었다.

　그러나 문제는 루시가 모르몬교도 마을에 산다는 것이었다. 루시의 아버지는 젊었을 때 모르몬교도의 지도자에게 큰 도움을 받은 적이 있어서 모르몬교도의 뜻대로 살겠다는 맹세를 한 적이 있었다. 그 맹세 중에는 딸을 반드시 모르몬교도와 결혼시키겠다는 약속도 포함되어 있었다.

　루시의 아버지는 사랑하는 사람이 있는 루시를 일부다처제(남

편 한 명이 여러 아내를 거느리는 제도)를 시행하고 있는 모르몬교
도에게 시집보낼 수 없었다.

모르몬교도들은 여러 아내를 둘 수 있기 때문에 여자를 함부
로 대하는 관습이 남아 있었다.

"지도자님에게 대항하겠다는 겁니까? 빨리 딸을 내놓으시오!"

신랑 후보로 점지된 모르몬교도 청년 두 명이 찾아와서 루시
의 아버지를 협박하는 일이 잦아졌다. 이 두 청년이 드리버와 스
탠거슨이었다.

루시의 아버지는 사랑하는 딸을 호프와 결혼시키고 싶었다.
어느 날 밤, 호프는 모르몬교도들의 눈을 피해 루시와 루시의 아
버지를 찾아갔다. 그리고 이들은 몰래 도망가기로 결심했다.

호프와 루시, 그리고 루시의 아버지는 조용히 모르몬교 마을
을 빠져나왔다. 그러나 그날 밤 또다시 루시의 아버지를 협박하
기 위해 찾아온 드리버와 스탠거슨은 이들이 도망쳤다는 사실을
알고 마을 사람들을 동원해 추적하기 시작했다.

산을 넘어 도망가던 호프 일행은 먹을 것이 떨어졌다. 몰래 도
망가려고 짐을 최대한 줄였기 때문이었다.

"제가 사냥을 해서 먹을 것을 구해 오겠습니다."

호프는 루시와 그녀의 아버지를 남겨 두고 숲 속으로 들어갔

다. 적지 않은 시간이 흐른 후 토끼를 잡은 호프는 기쁜 마음으로 루시가 있는 곳으로 달려갔지만 그곳엔 아무도 없었다. 방금 만든 듯한 작은 무덤 하나가 있을 뿐이었다. 나무로 만든 묘비 하나가 덩그러니 꽂혀 있었다.

'루시의 아버지, 여기에 잠들다.'

호프는 가슴이 찢어지는 듯했다.

호프는 복수를 다짐했지만, 당장은 그럴 수 없었다. 드리버와 스탠거슨 가문은 힘이 셌기 때문에 맨몸으로 복수할 수 없었다. 근처 숲에서 눈에 띄지 않게 살면서 틈틈이 루시를 구할 기회만 노렸다.

드리버와 스탠거슨은 서로 루시와 결혼하겠다고 다툼을 벌였다. 마을 지도자가 최종적으로 손을 들어 준 것은 드리버였다. 드리버와 루시를 강제로 짝지어 준 것이다.

하지만 루시는 아버지를 잃은 충격과 호프를 잊지 못하는 마음에 하루 종일 방에 틀어박혀 시름시름 앓기 시작했다. 그러다가 결국 결혼한 지 채 한 달도 지나지 않아 아무 이유 없이 죽었다.

루시의 장례식이 열렸고, 호프도 그 사실을 알게 되었다. 드리버는 아내가 죽었는데도 장례식에 얼굴을 내밀기는커녕 술만 마셔 댔다. 드리버는 사실 루시를 사랑한 것이 아니라, 그저 빼앗기기 싫은 재산쯤으로 생각했다.

호프는 목숨을 걸고 마을로 숨어들었다. 루시의 장례식에 참석하기 위해서였다.

장례식은 매우 쓸쓸했다. 컴컴한 장례식장에서 몇몇 여자들만 고개를 숙인 채 기도하고 있었다.

그 순간 문이 벌컥 열리며 시커먼 얼굴에 눈만 불타듯이 반짝이는 남자가 들어왔다. 호프였다.

호프는 루시가 누워 있는 관으로 다가가 눈물을 흘리며 그녀의 손가락에서 반지를 뺐다.

"이 반지를 낀 채 땅에 묻히게 하지 않겠다!"

호프는 큰 소리로 말하고 사람들이 몰려오기 전에 도망갔다. 그리고 복수를 다짐하며 예전에 일하던 탄광으로 돌아가 돈을 모았다.

그사이 드리버는 마을을 떠나 클리블랜드에서 사업을 시작했고, 빈털터리가 된 스탠거슨은 드리버의 비서로 일하며 지내고 있었다.

어느 정도 돈을 모은 호프는 드리버와 스탠거슨을 추적했다. 하지만 그들은 이미 눈치를 채고 런던으로 도망간 뒤였다.

"드리버와 스탠거슨을 찾기 위해 마부로 일한 것이었군요."

호프의 긴 이야기를 들은 홈즈가 말을 꺼냈다.

"그렇습니다. 런던을 돌아다니다 보면 그들을 쉽게 찾을 거라고 생각했죠."

"자네는 범인이, 아니 호프 씨가 마부란 것을 어떻게 알았나?"

왓슨이 홈즈에게 물었다.

"사건 현장을 보낸 마차에서 내려 빈집으로 들어간 발자국은 둘이었는데, 나온 발자국은 각진 구두 발자국 하나였네. 범인이 마차를 직접 몰았다는 증거지."

홈즈는 왓슨에게 말하고 난 후, 스탠거슨의 호텔에서 찾은 알약을 품에서 꺼내어 호프에게 보여 주었다.

"이것은 독약이겠지요? 드리버의 시체를 보니 독살당한 것이 분명해 보이는데 입에서는 아무 냄새도 나지 않았지요. 그 부분에 대한 의문이 풀리지 않았어요."

"맞습니다. 남아메리카 원주민이 사용하는 냄새도 맛도 없는 독약입니다. 전 무작정 복수를 하려는 게 아니라 그들에게 잘못을 알려 주고 싶었습니다. 그래서 드리버를 발견하고도 적당한 기회를 노리며 미행했습니다. 어느 날 드리버가 술집에 들어가기에 그 앞에서 기다렸습니다. 술에 취한 드리버는 아무 의심도 하지 않고 내 마차에 올라탔습니다. 그래서 이전부터 봐 두었던 3번지 빈집으로 데리고 갔습니다. 드리버는 내 얼굴을 확인하자 귀신이라도 본 것처럼 놀라더군요. 난 그에게 그동안 마음속에 품어 온 복수의 다짐을 말해 준 뒤 알약 두 개를 주었습니다. 하나는 독약이고, 다른 하나는 아무 효과도 없는 약이었습니다. 하늘의 뜻에 따라 둘 중 한 명은 죽는다고 말하며, 나도 알약을 하나 먹었습니다. 하늘은 역시 정의의 편이었습니다. 드리버는 곧 몸을 뒤틀며 죽어 갔습니다. 그때 너무 기뻐 잠시 흥분한 모양입니다. 평소 심장이 안 좋은 데다가 흥분까지 하니 코피가 터지고 말았습니다. 사방에 피가 흘렀고, 당황해 초까지 켜 둔 채 나는 드리버의 눈앞에 들이밀었던 반지를 흘리고 나왔지요."

"그래서 반지를 찾으러 돌아왔다가 경찰과 마주쳤군요."

"예, 술에 취한 척해서 겨우 빠져나올 수 있었습니다."

"우리 집에서 보여 준 할머니 연기는 매우 훌륭했습니다."

호프는 그 말에 웃으며 대답했다.

"복수를 다짐하며 배운 몇 가지 잔기술입니다."

"스탠거슨 때는 마음이 급했는지 매우 서두른 흔적이 보이더군요."

"예, 이제 신문에 사건도 보도되어서 스탠거슨을 놓치는 것은 시간 문제인 것 같았습니다. 그래서 위험하지만 호텔 창문을 넘어가서 스탠거슨을 만났습니다. 하지만 스탠거슨은 하늘의 심판을 거부하고 달려들었습니다. 몸싸움이 일어났고, 벽난로 부지깽이로 겨우 해치웠습니다."

"'라헤'는 경찰을 속이려고 써 놓은 것인가요?"

"예, 약간 장난기가 발동했다고 할까요?"

홈즈는 미소를 띠며 호프와 악수를 나눴다.

"이제 제 의문은 모두 풀렸습니다. 전 이만 돌아가 보도록 하겠습니다."

왓슨은 홈즈와 집으로 돌아가는 길에 물어보았다.

"그런데 호프 씨가 어떻게 우리 집으로 오게 된 건가?"

"베이커 특공대라는 악동들에게 내가 심부름을 시켜 두었지. 홈즈가 먼 시골로 가려고 하니까 '호프'라는 이름의 마부를 찾아서 내게 데려오라고. 그 아이들은 런던 곳곳 안 가 본 곳이 없다네. 자네와 아이들도 속이지 못한다면 호프 역시 속이지 못할 것 같았네. 놀라게 했다면 미안하네."

왓슨은 고개를 흔들었다.

"아닐세. 난 이번 사건으로 많은 것을 배웠네. 사랑 때문에 이렇게 치열하게 복수를 하려는 사내가 있다는 것도 처음 알았고 말일세. 그리고 무엇보다 단서를 찾아가는 자네의 능력에 정말 깜짝 놀랐네."

홈즈가 약간 우쭐한 표정을 지으며 말했다.

"하하, 자네 공도 컸네. 자네가 함께해서 여기까지 올 수 있었네. 문득 그런 생각이 드네. 내가 하는 일이 인생이라는 실타래에서 범죄라는 주홍색 실을 찾아내는 것이라는 생각 말일세. '주홍색' 하면 옛날부터 왠지 불길한 느낌을 주지 않나?"

왓슨이 곰곰이 생각하다가 말했다.

"그것 참 그럴듯한 말이로군. 이번 일을 논문으로 써 보려고 하는데 제목을 이렇게 붙여야겠네. '주홍색 연구'라고 말이야."

삼촌의 스캔들

　'주홍색 연구' 사건을 해결한 홈즈와 왓슨은 거실에 앉아서 사건을 되새겨 보았다.

　"사랑하는 연인을 위해 평생을 바치다니, 호프 씨도 대단한 사람일세."

　왓슨이 말하자 홈즈는 뭔가 생각에 잠기는 듯 창밖을 쳐다보았다. 찻잔을 들고 깊이 차 내음을 맡은 홈즈는 뭔가 생각난다는 듯이 왓슨을 돌아보았다.

　"사실 나에게도 기억에 남아 있는 여인이 있다네."

　왓슨은 자신의 예전 이야기를 잘하지 않는 홈즈인지라 궁금증이 생겨서 홈즈 앞으로 바짝 다가갔다.

"무슨 이야기인데? 이야기 좀 들려주게나."

"흠, 내가 열다섯 살쯤 되었을 때의 이야기라네……."

* * *

소년 홈즈는 책을 보고 있었다. 사람의 머리 모양을 보고 그 사람의 성격과 지능을 알 수 있다는 '골상학'에 대한 책이었다.

"음, 이것 참 재미있네. 사람의 머리를 만져 보고 그 사람의 성격을 알 수 있다니 말이야."

그때 문을 두드리는 소리가 났다. 집에 혼자 있던 홈즈는 문밖을 빠끔히 내다봤다. 이전에도 한 번 본 적이 있는 월리엄이라는 친척이 그곳에 서 있었다. 월리엄은 상당히 먼 친척이었지만 편의상 홈즈는 삼촌이라고 불렀다.

"엇, 월리엄 삼촌!"

"어 그래 셜록, 집에 있었구나."

"예, 그런데 집에 저 혼자밖에 없어서 어른을 뵈려면 나중에 다시 오셔야 할 것 같은데요."

월리엄은 고개를 가로로 저었다.

"아니다, 난 지금 너를 보러온 거야. 들어가서 이야기를 해도 되겠니?"

홈즈는 고개를 한 번 갸우뚱하더니 월리엄을 집으로 들어오게 했다.

홈즈는 월리엄에게 물을 한 잔 주면서 말했다.

"그런데 뭔가 매우 바쁜 일이 있었던 것 같군요. 급하게 오신 걸 보니 말이에요. 그리고 부주의한 하녀에게는 주의를 좀 주셔야 하지 않을까요?"

월리엄은 깜짝 놀랐다. 월리엄은 아버지 때부터 장원(유럽의 귀족 등이 다스렸던 넓은 토지)이 있을 정도로 부유한 집안이기 때문에 하녀가 있으리라는 것은 누구나 알 수 있는 사실이었지만, 그 하녀가 부주의하다는 건 쉽게 알 수 없는 일이었다.

"맞다. 내가 좀 부탁할 게 있어서 급히 왔단다. 그리고 하녀가 부주의하다는 건 어떻게 알았지?"

"그야 쉽죠. 지금 삼촌의 신발에는 흙이 잔뜩 묻어 있어요. 어딘가 급히 돌아다니다가 경황 없이 절 찾아온 거라는 걸 알 수 있죠. 그런데 구두 옆에 긁힌 자국이 여섯 군데나 있군요. 삼촌의 신발을 담당하는 하녀가 매우 부주의하다는 걸 알 수 있죠. 신발을 자세히 보면 그 사람을 알 수 있거든요."

월리엄은 감탄했다. 사실 홈즈가 주변의 사건을 잘 해결해 준

다는 소문을 듣고 찾아오기는 했지만 조금 의심을 하던 차였다. 월리엄은 홈즈에게 부탁을 해도 좋을 것 같았다.

"사실 어떤 물건을 좀 찾아 달라고 부탁을 하려고 한단다."

"어떤 물건인데요?"

월리엄은 조금 머뭇거렸다.

"어떤 물건인지 정확하게 말하지 않으면 찾을 수가 없어요."

월리엄은 이야기를 털어놓았다. 월리엄은 이제 곧 예전부터 집안끼리 결혼을 약속한 여인과 결혼을 해야 할 처지였다. 그런데 월리엄에게는 이전에 사귀었던 애들러라는 아가씨가 있었다. 월리엄과는 이미 헤어진 사이였지만 혹시나 결혼식에 찾아오지 않을까 하는 게 걱정이었다.

"그게 무슨 걱정이에요? 그 아가씨가 찾아온다고 한 것도 아니잖아요?"

"그래도 혹시나 해서 말이야. 아주 자존심이 강한 아가씨라서 내가 다른 사람과 결혼한다고 하면 기분이 몹시 나쁠지도 모를 일이지. 둘이 사귀었다는 증거는 예전에 한 번 같이 찍은 사진뿐이니까, 그것만 네가 찾아 준다면 아무 걱정이 없을 것 같다."

"직접 찾으시면 되잖아요?"

"그게…… 내가 몰래 애들러의 집에 들어가 봤지만 어디 있는지 도저히 찾을 수 없더구나."

홈즈는 고개를 절레절레 흔들며 말했다.

"삼촌, 그건 범죄인 거 아시죠? 아무리 이전에 사귀었던 사람이라고 해도 함부로 남의 집에 들어가면 안 되는 거예요."

월리엄은 당황한 듯했다. 얼굴이 조금 붉어졌고 공연히 머리 모양새를 다듬었다.

"그래서 네게 부탁하는 기란다. 뭔가 방법이 없겠니?"

홈즈는 곰곰이 생각했다.

"정말 안 되는 일이지만, 이번 일만 들어드리지요. 그 대신 이 물건들을 준비해 주세요. 애들러 아가씨 집 주소하고요."

홈즈는 월리엄에게 필요한 물건의 목록을 적어 주었다.

"돼지 피, 연기가 나는 폭죽? 이런 걸 어디에 사용한다는 거냐?"

"일단 구해 주세요. 그다음 일은 제게 맡기고요."

월리엄은 물건을 구해 오겠다며 집을 나섰다.

홈즈는 하품을 한 번 크게 했다.

"오늘은 바쁜 날이 될 것 같으니 낮잠을 좀 자야겠는걸."

그러고는 소파에 누워서 바로 코를 골았다.

애들러의 집은 아담한 2층집이었다. 현관에는 큰 자물통이 달려 있었지만, 창문에는 아이라도 열 수 있을 만큼 쉬운 잠금장치가 달려 있었다. 아마도 윌리엄은 이 창문을 통해 집에 들어갈 수 있었을 것이다.

애들러는 외출을 하고 돌아왔는지 마차에서 내렸다. 그런데 거지처럼 지저분한 몰골의 사내가 허리를 구부정하게 굽히고는 갑자기 애들러에게 달려들었다.

"아가씨, 제가 배가 고파서 그런데 적선 좀 해 주세요."

애들러는 당황했지만 동전을 하나 꺼내서 사내에게 건넸다. 동전을 받아든 사내는 갑자기 화를 내더니 애들러에게 따지기 시작했다.

"누굴 거지로 아나? 이런 동전 가지고 뭘 하라고? 더 달란 말이야!"

애들러는 당황했지만, 당당했다.

"더 이상 줄 돈 없어요. 고마운 줄 모르는 사람에게 베풀지 않겠어요."

허리가 굽은 사내는 애들러가 당당하게 말하자 조금 기가 죽은 듯했다.

그때 지나가던 소년 하나가 이 모습을 보고 달려왔다.

"거지니까 거지 취급을 당하지!"

애들러와 사내 사이에 끼어든 소년이 소리를 질렀다.

"아니! 이 어린 녀석이 어디 어른한테 함부로 말하는 거야!"

사내는 소년을 밀쳤는데, 그만 소년이 중심을 잃고 쓰러지고 말았다. 사내는 쓰러진 소년을 일으켜 세우려다가 소리를 질렀다.

"앗! 많이 다친 것 같은데. 내가 그런 것 아니야!"

사내는 소년을 일으키다 말고 길 쪽으로 부리나케 도망을 갔다. 이상하게도 도망갈 때는 허리가 똑바로 펴진 듯했다.

소년의 얼굴에는 피가 흐르고 있었다.

애들러는 소년을 부축했다.

"일단 우리 집으로 가자. 간단히 치료부터 하고 의사에게 가자꾸나."

소년은 비틀비틀하며 애들러를 따라 집으로 들어갔다. 그러고는 거실 소파에 고개를 숙이고 앉았다.

"어디 상처를 좀 볼까?"

"아, 아니요. 저 따뜻한 물 한 잔만 부탁드려도 될까요?"

소년이 물을 부탁하자, 애들러는 부엌으로 물을 가지러 갔다. 물을 데우려면 아무래도 시간이 조금 걸릴 터였다.

소년은 주변을 둘러보았다. 물론, 소년은 홈즈였다. 걸인처럼 보였던 사내도 홈즈의 부탁을 받고 연기를 했던 것이고, 피는 월리엄이 구해 준 돼지 피를 넘어지는 척하면서 그럴듯하게 바른 것이었다.

홈즈는 사진을 숨길 만할 곳이 어디일지 둘러보았다. 윌리엄이 집을 뒤졌는데도 못 찾은 것을 보면 소중한 물건을 숨겨두는 곳이 따로 있을 것이라는 추리였다.

홈즈는 애들러를 속이는 게 가슴이 아팠다. 애들러는 매우 친절한 데다가 교양이 있고 아름답기까지 했다. 윌리엄이 이런 아가씨를 두고 집안에서 정한 사람과 결혼을 하겠다는 것이 이해가 되지 않았다. 어쩌면 애들러처럼 참한 아가씨가 윌리엄 삼촌 같은 사람과 사귀었다는 자체가 문제일지도 모른다고 생각했다.

어쨌든 윌리엄에게 부탁받은 일을 해결해야 했다. 홈즈는 애들러가 돌아올 때쯤이 되자 품에서 천으로 잘 싸맨 물건을 꺼냈다. 역시 윌리엄에게 부탁해서 구한, 연기가 나는 폭죽이었다. 불꽃이 나지 않고 연기만 나는 것으로 구해 달라고 특별히 부탁한 것이었다.

홈즈는 탁자 밑에 폭죽을 넣고 준비해 간 성냥으로 불을 붙였다. 쉬익 소리와 함께 검은 연기가 뭉게뭉게 솟아올랐다.

"불이야!"

홈즈는 크게 소리를 질렀다. 부엌에 있던 애들러는 소리를 든고 거실로 나왔다가 연기를 보고 깜짝 놀랐다.

"어서 집을 나가야 해요."

홈즈는 일부러 허둥지둥하며 문밖으로 달려 나갔다. 애들러가 폭죽을 찾아낸 것은 이미 홈즈가 사라진 후였다.

홈즈는 다음 날 윌리엄을 만났다.

"사진은 찾아왔니?"

"거의 찾아온 것이나 다름없죠."

"그러면 찾아온 것이 아니란 말이냐? 똑똑하다고 소문이 나서 믿었는데, 아무래도 내가 잘못 생각한 모양이군. 다른 사람을 알아봐야겠다."

"삼촌은 성격이 급한 게 문제네요. 찾은 거나 다름없다고 했잖아요. 오늘 애들러 양의 집에 몰래 들어갈 수 있다면 사진을 가지고 나올 수 있어요."

"몰래 들어가는 거라면 문제없지. 창문 잠금장치를 바꾸지만 않았다면 말이야."

윌리엄은 자신 있다는 듯 웃어 보였다. 홈즈는 생각하면 할수록 애들러가 삼촌에 비해 훨씬 낫다고 생각했다.

"그건 그렇고 어떻게 사진이 있는 곳을 찾았다는 거지?"

월리엄이 홈즈에게 물어보았다.

"애들러 양을 속여서 집으로 들어가는 것까지는 쉬웠죠. 그만큼 친절한 분이었으니까요. 오히려 자꾸 상처를 치료해 주려고 하는 바람에 곤란할 정도였죠."

월리엄은 고개를 끄덕였다.

"아직도 친절한 것은 변하지 않았구나."

"집을 대충 둘러보았는데, 사진을 숨길 만한 곳이 정말 많아서 하나하나 뒤지다가는 금방 애들러 양에게 들킬 것 같았죠."

"그래 그렇겠지. 나도 한참을 뒤져 봤는데 못 찾았는걸."

"전 달라요. 삼촌이라면 하루 종일 뒤져도 못 찾겠지만 저라면 한 시간, 아니 삼십 분만 시간이 있었어도 충분히 찾았을 거예요. 애들러 양이 어디를 주로 다니는지 발자국을 조사하고 물건의 배치 상태를 살펴보면 바로……."

홈즈가 진지한 얼굴로 말하자 월리엄이 바로 말을 끊었다.

"알았다. 네가 똑똑하다는 거는 충분히 알았으니까 사진을 어떻게 찾았는지만 말해 다오."

"폭죽이죠."

"폭죽?"

"네, 삼촌에게 구해 달라고 했던 폭죽을 이용했죠. 연기만 나는 폭죽을 집에다 피우고 불이야 소리를 질렀죠. 그러고는 문 뒤에 숨어 있던 게 다였죠. 간단하죠?"

"뭐가 간단하다는 거냐?"

"아무래도 삼촌은 이해력이 달리는 것 같네요. 집에 불이 나면 무엇을 하겠어요? 소중한 것을 들고 나가려고 하지 않겠어요? 처음에는 애들러 양도 당황했지만 차분하게 거실 벽난로 위에 걸려 있던 그림 뒤를 뒤져 보더군요. 아마도 소중한 것을 숨겨 두는 공간이 있는 것 같았어요. 그런데 탁자 밑에서만 연기가 나는 게 이상했던지, 폭죽을 찾더군요. 그래서 저는 도망쳐 왔죠."

"오호! 그럴듯하구나. 그런데 이제 사진 위치를 옮겼으면 어쩌지?"

"그저 애들 장난이라고 생각했을 텐데 굳이 사진을 옮길 필요는 없죠. 이제 사진을 찾으러 같이 가 볼까요?"

홈즈와 윌리엄은 애들러의 집으로 향했다.

애들러의 집에 도착한 홈즈와 윌리엄은 주변을 살펴보았다. 애들러는 집을 비운 것 같았다. 문제는 집을 비운 것이 아니라 아예 집을 떠난 것 같다는 것이었다. 현관문도 잠그지 않은 상태였다.

홈즈와 윌리엄은 이상했지만 집 안으로 들어갔다. 밖에서 느

낀 것처럼 가재도구가 모두 정리된 상태였다. 애들러의 흔적은 어디에도 없었다.

홈즈는 서둘러 벽난로 위의 그림 뒤쪽을 살폈다. 그곳에는 사진 대신 편지 한 장이 놓여 있었다.

아마도 이 편지를 발견했겠지, 홈즈?

윌리엄도 많이 당황했겠군. 홈즈, 내 말 좀 전해 주겠어? 난 그 사진 따위에는 관심도 없지만, 내 인생을 기록하기 위해 일기처럼 가지고 있겠다고. 그것 가지고 누구도 협박할 생각 없으니까 걱정하지 말라고 해.

홈즈, 난 오늘 이사해. 마침 오늘이 런던을 떠나는 날이란다.

사실 며칠 전, 누군가 집에 침입했다는 걸 알았지. 처음에는 도둑인 줄 알았는데 아무것도 없어진 것이 없었고, 들어온 걸 들키지 않으려고 애쓴 흔적이 있더군. 우리 집에 가져갈 물건은 아무것도 없다고 생각했는데, 아침에 본 신문 기사가 생각났어. 윌리엄이 결혼한다는 기사더군. 요즘 신문은 별 시시콜콜한 걸 다 쓰는 모양이라고 생각했지. 그래서 윌리엄이 혹시 '그 사진'을 찾으러 왔을지도 모른다고 추측했지만 별다른 증거는 없었기에 가만히 있었단다.

그런데 어제 또 이상한 일이 일어난 거지. 처음에는 많이 다친 줄 알고 당황했지만, 폭죽을 보고 알았단다. 바로 네가 홈즈란 것을. 윌리엄의 먼 친척 중에 홈즈라고 매우 똑똑한 아이가 있다는 이야기를 들은 기억이 났어. 모든 게 맞아떨어졌지.

홈즈, 런던에서 재미있는 추억을 만들어 줘서 고마워. 나중에 도움이 필요할 때 꼭 너를 찾도록 할게. 너도 나에게 빚이 있는 셈이니까 말이야.

그럼 안녕.

애들러가.

홈즈는 편지를 든 손을 떨었다. 이렇게 모든 것을 들켜 보기는 처음이었다.

"역시 애들러답군. 참 똑똑하고 현명한 여자였는데……."

윌리엄이 뒤에서 생각에 잠긴 듯 먼 곳을 바라보며 말했다.

"사진을 찾지 못해서 어쩌죠?"

"아니다. 애들러라면 편지에 쓴 것처럼 사진을 가지고 다른 짓을 하지는 않을 거다. 스스로 약속한 거니까 말이야. 공연히 혼자서 사건을 벌인 셈이군."

윌리엄은 공연히 헛웃음을 짓더니 집으로 돌아갔다.

*＊＊

"정말 똑똑하고 아름다운 아가씨였네."

홈즈는 그때를 생각하는 듯이 창문을 열고 길을 바라보았다.

"자네 못지않은 추리를 하는 아가씨였구먼. 나이가 우리보다 많으니 지금은 멋진 귀부인이 되어 있을 것 같네."

왓슨은 홈즈 곁에 서서 같이 창문 밖을 바라보았다. 잠시 말이 없던 홈즈가 대답했다.

"그러게, 어쩌면 그래서 추억은 아름다운 법이지. 차가 벌써 식었구먼, 어서 들지."

왓슨은 아무래도 홈즈가 애들러라는 여인을 잊지 못한 것 같다고 생각했다.

2부

네 개의 서명

게으른 홈즈

홈즈는 며칠 동안 아무것도 하지 않고 방 안에만 있었다. 심지어 집안일을 돌보지도, 밖에 나가서 산책을 하지도 않았다.

왓슨은 홈즈가 매우 걱정스러웠다.

"홈즈, 자네는 요 며칠 통 밖에 나가지 않는군. 도대체 왜 그러나?"

"세상이 재미가 없어서 그렇다네."

"무엇이 재미가 없다는 말인가?"

홈즈는 따분하다는 표정을 지으며 말했다.

"세상이 너무 단조롭네. 내 흥미를 자극할 만한 게 없어. 밖에 나가서 돌아다닐 바에야 차라리 방 안에서 내 생각을 정리하는 게 더 낫네."

왓슨은 도무지 이해할 수 없었다. 밖에 나가야 더 재미있는 일이 일어나는 것 아닐까 생각했다. 이를 눈치챈 홈즈가 왓슨을 힐끗 보더니 말했다.

"난 밖에 나가지 않고도 왓슨 자네가 우체국에 가서 전보를 치고 왔다는 것을 알 수 있지."

늘 그렇듯 왓슨은 이번에도 깜짝 놀랐다.

"아니, 아무에게도 말하지 않고 다녀왔는데 어떻게 알았나? 자네는 방 밖으로 나온 적도 없는데 말일세."

홈즈는 킥킥대며 말했다.

"자네 신발에 황토가 묻어 있더군. 우체국 건너편에 공사를 하고 있어서 길을 파헤쳐 놓았지. 그래서 황토가 밖으로 드러나 있고. 이 근방에서 황토가 묻을 만한 곳은 거기밖에 없네."

"그러면 내가 전보를 쳤다는 것은 어떻게 알았나?"

"난 요즘 자네가 엽서나 편지를 쓰지 않는다는 것을 알고 있지. 적어도 집에서 자네가 무엇을 하고 있는지는 알고 있거든. 엽서나 편지도 없는데 우체국에 갔다면 남는 건 전보밖에 없지 않나? 불가능한 것을 제거하고 나면 남는 것은 진실뿐이지."

왓슨은 그 말을 인정할 수밖에 없었다. 그래도 왓슨은 홈즈를 더욱 시험해 보고 싶었다. 그렇게 해서라도 게으른 홈즈를 바꾸고 싶었다.

왓슨은 주머니에서 태엽 시계를 꺼내어 홈즈에게 건넸다.

"자네는 이 시계만 보고 시계 주인에 대해서 알 수 있겠나?"

홈즈는 시계를 받고 유심히 살펴보더니 실망스러운 표정을 지었다.

"최근에 시계를 깨끗이 닦은 모양이로군."

왓슨은 홈즈를 자극한 것 같아서 기분이 좋았다.

"아무리 자네라도 이렇게 깨끗한 시계로는 아무것도 알아낼 수 없는 모양이군."

"아쉽게도 그렇다네. 깨끗이 닦아 내면 아무래도 많은 증거가 사라지거든."

왓슨은 의기양양하게 홈즈에게 말했다.

"이제 시계를 돌려주게. 그리고 이제 밖으로 나가서 사람들을 좀 만나고 다니게. 세상에는 이 시계처럼 자네가 모르는 것투성이일세."

"아무래도 그런 것 같네. 내가 이 시계를 통해 알아낼 수 있었던 것은 이 시계가 자네 형의 것이고, 좀 덜렁대는 성격이었을 것이라는 점뿐이네. 아, 하나 더 있군. 자네 형은 재산을 물려받았지만 곧 형편이 안 좋아졌군그래. 간혹 형편이 좋아진 적도 있었지만 곧 다시 가난해졌지. 말년에는 술을 많이 마시다가 돌아가신 모양이군. 아쉽지만 내가 이 시계로 알아낼 수 있는 건 이게 전부일세."

왓슨은 시계를 돌려받다가 떨어뜨릴 뻔했다.

"홈즈! 자네, 내 뒷조사를 한 것인가? 어떻게 한 번도 말하지 않은 형에 대해서 모두 알고 있지? 사네한테 성말 화가 나는군!"

왓슨은 무언가 분하다는 표정을 지었다.

"모든 것은 이 시계가 말해 준 것이네."

홈즈는 시계를 가리키며 말했다. 왓슨은 어리둥절해하며 홈즈를 바라보았다. 홈즈는 예전처럼 자신만만한 미소를 머금고 설명하기 시작했다.

"이 시계 뒷면을 보면 에이치 더블유(H.W.)라고 홈이 파진 게 보일 걸세. 자네 성이 더블유(W)로 시작하는 왓슨(Watson)이니 이 시계는 자네 가족 물건이겠지. 게다가 이 시계는 50년 전 물건인데 상당히 고급품인 것으로 봐서 장자인 자네 형에게 상속되었을 것이네. 그런데 시계 겉면에 긁힌 자국이 많은 것으로 보아 자네 형 성격이 꼼꼼하다고 볼 수는 없는 것이지."

홈즈의 추리를 듣고 왓슨은 화를 누그러뜨릴 수밖에 없었다.

"거기까지는 추리할 수 있을 거라고 생각했지만, 다른 것은 어떻게 알았나?"

"이 정도 고급 시계를 물려줄 정도의 집안이라면 자네 형 역시 어느 정도 재산이 있었을 것이네. 그런데 시계 뚜껑 안쪽을 보게. 작은 흠 몇 개가 보이지 않나? 이건 전당포에서 자기네 물건을 표시한 걸세. 자네 형의 가정 형편이 이 시계를 전당포에 맡길 수밖에 없을 정도로 나빠졌다는 뜻이지. 흠이 여러 개라는 것은 시계를 다시 찾았다가 맡겼다가를 반복했다는 뜻이니 형편이 좋아졌다가 나빠졌다가 반복됐다는 것을 알 수 있지."

이제 왓슨은 홈즈의 말을 완전히 믿을 수밖에 없었다.

"그렇다면 형님의 술버릇은 어떻게 알았나?"

"이 시계의 태엽 구멍(당시 시계는 열쇠와 같은 것을 시계에 찔러서 태엽을 감았기 때문에 태엽을 감는 구멍이 있었다)을 들여다보게. 여기 또한 흠집이 많이 있네. 태엽을 감을 때 손이 헛나간 경우가 많다는 뜻이네. 보통 술을 많이 마시면 이런 증상이 나타나지. 마지막으로, 이 시계를 자네가 가지고 있으니 형님은 돌아가셨겠군."

왓슨은 한숨을 쉬었다.

"자네 말이 맞다네. 자네 마음대로 하게. 꼭 밖에 나가지 않아
도 되겠어."

그 순간 누군가가 문을 두드렸다.

의뢰인에게 배달된 이상한 편지

"홈즈 선생님을 뵈러 왔습니다."

문을 열고 들어온 이는 매우 아름다운 여인이었다. 여인은 자신의 이름을 모스턴이라고 소개했다.

"제가 홈즈입니다."

홈즈가 앞으로 나서며 말했다. 모스턴은 고개를 살짝 숙여 인사했다.

"홈즈 선생님의 명성을 익히 들어 잘 알고 있습니다. 복잡한 사건을 명쾌하게 해결하신다는 이야기를 듣고 이렇게 찾아왔습니다."

왓슨은 홈즈와 모스턴이 이야기를 나누도록 자리를 비켜 주려고 하였다.

"선생님께서도 같이 이야기를 들어 주셨으면 합니다. 도움이
필요합니다."

윗슨은 자신의 도움도 필요하다는 말에 기뻤다. 여인이 무척
아름다웠기에 더 기뻤다.

"무슨 일로 찾아오셨습니까?"

홈즈가 이유를 물었다.

"아버지 실종 사건 때문에 찾아왔습니다."

"실종이요? 언제 아버지가 실종되었습니까?"

"10년 전입니다."

"10년 전이라고요? 10년이나 지났는데 지금 찾아오신 겁니
까?"

홈즈가 다그쳐 묻자 모스턴은 손사래를 쳤다.

"10년 전 실종 때문만이 아니라 최근에 이상한 일이 계속 생겨
서 도움을 요청하러 온 겁니다."

홈즈는 고개를 끄덕였다.

"그럼 천천히 이야기해 주시기 바랍니다."

모스턴은 잠시 숨을 고른 뒤 이야기를 시작했다.

"아버지는 인도에서 장교로 근무하셨어요. 안다만 제도에서

죄수들을 관리하셨죠. 10년 전 아버지로부터 전보를 받았어요. 휴가를 받아서 영국으로 오게 되었으니 런던에 있는 한 호텔에서 만나자는 것이었어요. 그래서 아버지가 알려 준 호텔로 찾아갔죠. 그런데 호텔 직원이 제 아버지가 묵으시는 건 맞지만 전날 나가서 아직 돌아오지 않으셨다는 거예요. 하루 종일 기다렸는데도 아버지가 돌아오지 않아 결국 경찰에 신고했죠. 그리고 그 날 이후로 아무 소식도 듣지 못했습니다."

"아버님이 런던에서 만날 만한 친구가 있습니까?"

"아버지와 함께 근무했던 숄토 소령이란 분이 있어요. 아버지가 휴가 나오기 전에 제대한 분인데 당시 런던에 계셨죠. 그런데 제가 숄토 소령을 찾아갔는데, 그분은 아버지가 휴가를 나온 것도 모르고 있었어요."

"정말 이상한 일이군요."

홈즈는 미간을 찌푸리며 말했다.

"정말 이상한 일은 6년 전부터 일어났어요. 6년 전 신문에 '절대로 나쁜 일이 아니니, 모스턴 양은 주소를 알려 주십시오'라는 광고가 났어요. 혹시나 하는 마음에 신문에 제 주소를 광고했지요. 광고한 그날 매우 아름다운 진주 한 알이 배달되어 왔어요. 제가 보기에도 최고급 진주 같았어요. 그 후로 매년 같은 날에

진주가 한 알씩 배달되어 왔어요."

모스턴은 상자를 열어서 진주를 보여 주었다.

"정말 아름답군요."

홈즈가 진주를 살펴보며 말했다. 흠잡을 데 없는 완벽한 진주였다. 옛말에 모든 구슬에는 흠이 있다고 했는데, 이 진주에는 통하지 않는 말이었다.

"그런데 정말 이상한 일은 오늘 아침에 일어났어요. 아침에 편지가 한 통 왔는데 '오늘 저녁 일곱 시까지 시내 극장으로 나오세요. 의심이 들면 친구를 데리고 오셔도 됩니다. 하지만 경찰은 절대 데리고 오지 마십시오.' 라고 적혀 있었어요."

모스턴은 편지를 꺼내 보여 주었다. 홈즈는 유심히 편지지를 살펴보았다. 이제 홈즈는 아침에 느꼈던 지루함이 모두 사라졌다. 추리할 만한 즐거운 일이 생긴 것이다.

"이 고급 편지지에는 전혀 이상한 점이 없습니다. 극장으로 나가 봐야 할 것 같습니다. 모스턴 양, 저희가 친구가 되어서 모스턴 양과 함께 약속 장소로 나가 드리겠습니다. 괜찮지, 왓슨?"

"물론이지!"

왓슨은 모스턴에게 잘 보이고 싶은 마음에 크게 소리쳤다.

대머리 사내와 아버지의 유물

약속 시간이 되기 전에 홈즈는 잠시 밖에 나갔다가 돌아왔다. 그러고는 왓슨에게 말했다.

"밖에 나가서 지나간 신문 기사를 찾아봤네. 그런데 모스턴 양의 아버지와 친구라던 숄토 소령은 6년 전에 죽었더군."

"이 사건과 관련이 있다는 말인가?"

왓슨은 의아하다는 듯이 물었다.

"모스턴 양의 아버지가 사라졌을 때, 모른다고 딱 잡아떼던 사람이 죽자마자 마치 무슨 보상이라도 하려는 듯 진주가 하나씩 배달되었네. 상관이 있어 보이지 않는가?"

"그렇군."

"어쨌든 오늘 모든 것이 밝혀지겠지."

마침 모스턴이 약속 장소로 가기 위해 홈즈의 집에 들렀다. 모스턴은 가기 전에 보여 줄 것이 있다면서 종이 한 장을 꺼냈다. 지도처럼 보였는데 가운데에 붉은색으로 십자 표시가 되어 있었다.

홈즈는 지도를 돋보기까지 꺼내 들고 자세히 살폈다.

"여기 구석에 네 명의 서명이 있네요. '조너선 스몰, 마호메트 싱, 압둘라 칸, 도스트 아크바르.' 한 명만 제외하곤 모두 인도인 이름이군요."

"예, 아버지의 지갑에서 이게 나왔죠. 매우 소중하게 보관한 것 같아요."

"그렇군요."

세 명은 마차를 타고 약속 장소로 갔다. 극장은 매우 붐볐다. 편지에는 다행히도 몇 번째 기둥 앞이라는 것까지 자세한 장소가 쓰여 있었다. 약속 장소에 서 있으니 마부 복장을 한 사내가 다가왔다.

"모스턴 양이십니까?"

"예, 제가 모스턴이고 이쪽은 제 친구들입니다."

사내는 의심스러운 눈초리로 홈즈와 왓슨을 쳐다보았다.

"이분들, 경찰은 아닙니까?"

"예, 그건 제가 맹세할 수 있습니다."

사내는 여전히 의심의 눈초리를 거두지 않으면서 마차로 안내했다. 일행을 태운 마차는 안개 낀 런던의 거리를 힘차게 내달렸다. 어두워진 데다가 마차가 워낙 굽이진 길을 달렸기 때문에 도대체 어디가 어디인지 알 수 없었다. 다만 홈즈는 예외였다.

"잠시 후면 템스 강이군요."

창밖을 보니 정말 강이 나왔다. 홈즈는 이런 상황에서도 절대 날카로움을 잃지 않았다.

이윽고 마차가 시 외곽에 도착했다. 저택의 문을 두드리자 인도인 하인이 마중을 나왔다.

"주인님이 기다리고 계십니다."

일행은 하인을 따라서 안쪽 복도를 지나 방으로 들어갔다. 방문이 열리고 방 안에는 볼품없어 보이는 대머리 사내가 앉아 있었다.

"어서 오십시오, 모스턴 양. 제 전시실에 오신 걸 환영합니다."

대머리 사내의 말처럼 그의 방은 전시실이나 다름없었다. 황금빛이 도는 아름다운 액자에 끼워진 고급스러운 그림이 여기저기 전시되어 있었고, 구석구석에는 동양에서 온 도자기가 보란

듯이 진열되어 있었다. 바닥에는 호랑이 가죽까지 깔려 있어서 더욱 화려해 보였다.

"안녕하세요. 새디어스 숄토입니다. 예상하시는 것처럼 숄토 소령의 아들입니다."

"예, 안녕하세요. 이쪽은 홈즈 선생님이고, 또 이쪽은 의사이신 왓슨 박사님입니다."

모스턴이 일행을 소개하자 새디어스는 아주 반가운 표정을 지었다. 특히 왓슨을 살갑게 맞았다.

"왓슨 박사님, 의사 선생님이시라고요? 그러면 제 심장 소리 좀 들어 보시겠습니까? 제가 어렸을 때부터 심장이 좋지 않아서 늘 걱정이거든요. 이제 겨우 서른인데, 보시다시피 머리도 벗겨지기 시작했지요."

왓슨은 조금 황당했지만 대머리 사내의 심장 박동 소리를 확인해 보았다. 별다른 이상은 없는 듯했다.

"별 이상은 없습니다."

새디어스는 그제야 안심이 된다는 듯 큰 숨을 내쉬었다.

"정말 다행입니다. 모스턴 양 부친도 심장이 조금만 더 튼튼했더라면 살아 계셨을 텐데요."

모스턴은 그래도 혹시 아버지가 살아 있을지 모른다는 작은 바람을 갖고 있었는데, 새디어스의 말을 들으니 그 희망이 완전히 사라지는 느낌이었다.

"마음속으로는 이미 아버지가 돌아가셨다고 생각하고 있었지만 다시 확인을 하니 마음이 좋지 않네요."

모스턴을 쳐다보던 새디어스가 말했다.

"제가 오늘 다 말씀드리겠습니다. 저는 모스턴 양이 공정한 대접을 받아야 한다고 생각하고 있습니다."

"저희에게도 매우 궁금한 문제이니 빨리 말씀해 주셨으면 좋겠습니다."

홈즈는 앞으로 나서서 새디어스에게 말했다.

"물론입니다. 제 아버지 숄토 소령은 인도에서 근무하며 많은 돈을 벌었습니다. 그래서 영국으로 돌아올 때는 많은 재산과 함께 하인도 데리고 왔죠. 하지만 아버지는 뭔가 매우 불안해 보였습니다. 특히 나무다리를 한 남자를 아주 싫어했습니다. 권투 선수 출신 경호원을 고용했고, 시내에서는 아무 상관도 없는 외다리 남자를 총으로 쏠 뻔한 적도 있습니다."

"모스턴 양의 아버지에 대한 이야기를 먼저 해 주실 수는 없습니까? 여기 모스턴 양을 모신 이유가 있을 텐데요."

홈즈가 직설적으로 말하자 새디어스는 조금 기분이 상했는지

인상을 썼지만 말을 멈추지는 않았다.

　"저도 모스턴 양의 아버지에 대해서는 제 아버지 숄토 소령에게 들은 대로 말씀드릴 수밖에 없습니다. 아버지는 지병이 있었는데, 어느 날 저희를 불렀습니다. 저에게는 쌍둥이 형이 있는데 이름은 바솔로뮤라고 합니다. 저희 형제가 도착하자 말씀을 시작했죠. '이제 모스턴에 대해 이야기해 주마. 그 친구와 나는 인도에 있을 때 엄청난 보물들을 얻게 되었다. 아주 우연한 기회에 얻게 되었지. 그 후 내가 보물들을 갖고 먼저 런던으로 돌아왔고, 그 친구가 휴가 때 나를 찾아왔어. 우리는 보물을 나누는 문제에 대해 이야기하다가 심하게 말다툼을 벌였단다. 그때 모스턴이 벌컥 화를 내며 일어나다가 그만 심장을 부여잡고 쓰러지고 말았지. 원래 심장이 좋지 않은 친구였거든. 그런데 그날은 운이 나빴는지 쓰러지다가 옆에 있던 상자 모서리에 머리를 부딪히고 말았어. 그게 그 친구의 마지막이었단다. 그런데 모든 상황이 나에게 좋지 않았지. 누가 봐도 다투다 내가 죽인 것 같았거든. 그래서 시체와 보물을 모두 숨겨 두었단다. 그에게는 딸이 하나 있으니, 내가 죽고 나면 그 아이에게 보물을 나누어 주도록 해라.' 그렇게 말씀하셨죠. 아버지는 그때 왕관 하나를 보여 주었는데 그것만 해도 엄청난 보물이었습니다. 아버지는 불안이

가시지 않았는지 그때까지도 보물 숨긴 곳을 말해 주지 않았습니다."

홈즈는 고개를 끄덕이다가 다시 새디어스에게 질문했다.

"왜, 숄토 소령이 돌아가신 후 바로 모스턴 양에게 보물을 돌려주지 않았나요?"

"그것도 다 사정이 있었습니다. 아까 말씀드렸다시피 아버지는 보물이 있는 곳을 말해 주지 않았습니다. 마지막 순간에 말해 줄 생각이었던 것 같습니다. 아버지는 더 건강이 나빠지자 저희에게 보물이 어디에 있는지 말해 주겠다고 했습니다. 그래서 저희 형제는 다시 아버지 앞에 모였습니다. 그런데 아버지는 보물이 어디 있는지 말해 주기 직전에 갑자기 창밖을 쳐다보며 소리쳤습니다. '저……저놈을 잡아라. 저놈을 잡아!' 우리 형제는 아버지가 가리킨 창 쪽을 보았습니다. 그런데 진짜 어떤 사람이 우리를 지켜보고 있었습니다. 다른 것은 기억나지 않지만 분노로 이글이글 타오르던 그 눈만큼은 생생하게 떠오릅니다. 저희 형제가 바로 뛰어나갔지만 발자국 외에는 아무것도 발견할 수 없었습니다. 집 안으로 다시 돌아왔을 때 아버지는 이미 돌아가신 후였습니다. 결국 보물이 어디에 있는지는 듣지 못했지요. 더 무서운 것은 다음 날 아버지의 방이 온통 어질러져 있었고, 아버지의 시신 위에 '네 개의 서명'이라는 쪽지가 놓여 있었다는 겁니다."

"네 개의 서명이라……."

홈즈는 중얼거렸다. 모스턴의 아버지가 남긴 지도가 생각났기 때문이었다.

"왜 그러세요? 그게 중요한 단서입니까?"

새디어스가 물었지만, 홈즈는 무표정하게 말했다.

"말씀 계속하시지요. 아직 이야기가 다 안 끝난 것 같은데."

새디어스는 땀이 나는 듯 머리를 매만지더니 말을 계속했다.

"우리 형제는 아버지가 말한 보물을 찾으려고 혈안이 되었죠. 몇 달 동안 정원도 모두 파 보고 집 안 구석구석을 뒤졌지만 끝내 찾지 못했습니다. 저는 아버지가 보여 준 왕관만이라도 모스턴 양과 나누자고 했지만, 형은 아버지를 닮아서 욕심이 많았습니다. 그걸 남에게 주고 싶어 하지 않았습니다. 그래서 하는 수 없이 우리 정체를 감춘 채 매년 진주를 하나씩 보내 주는 것으로 합의했습니다."

"정말 고맙게 생각합니다. 저에게 많은 도움이 되었습니다."

모스턴은 새디어스에게 고마움을 표했다. 그 말을 들은 새디어스는 기분이 조금 좋아진 것 같았다.

"자, 이제 제 이야기는 막바지에 이르렀습니다. 제가 오늘 모스턴 양에게 편지를 보낸 이유이기도 하고요. 아버지가 돌아신 후 그 집에 살게 된 형이 최근 보물을 발견했다는 소식을 들었습니다. 형은 재물에 대한 집착이 매우 심합니다. 그래서 지금까지 보물을 찾고 있었던 거지요. 형은 아버지 집의 높이를 쟀다고 합니다. 집의 높이는 22미터인데, 각 층의 높이를 다 합하니 21미터가 나온 것입니다. 어디엔가 빈 곳이 있다는 이야기지요. 결국 형은 지붕 바로 아래 대들보 위에서 보물 상자를 발견했습니다. 오늘 전 여러분과 함께 형에게 쳐들어갈 생각입니다. 모스턴 양이 앞에 있는데도 형이 보물을 혼자 차지하려고 하지는 않겠지요. 자, 그러면 준비하겠습니다."

새디어스는 그렇게 말한 뒤 귀까지 덮는 모자를 쓰고 외투를 챙겼다. 홈즈와 왓슨, 그리고 모스턴은 새디어스를 따라 길을 나섰다.

살인 현장의 발자국

"여기가 바로 형이 살고 있는 저택입니다."

새디어스가 모스턴에게 집을 가리키며 말했다. 이미 시간은 열한 시가 다 되어 가고 있었다. 높은 돌담으로 둘러싸인 저택은 사람을 내리 누르는 듯한 위압감을 주었다.

새디어스는 문을 두드렸다. 안에서 목소리가 들렸다.

"누구세요?"

"맥머도, 날세. 새디어스야. 문 열어 줘."

안에서는 잠깐 머뭇거리는 듯 아무 대답도 없었다. 잠시 후 침묵을 깨고 맥머도라는 사내가 말했다.

"새디어스 도련님, 죄송하지만 주인님께서 아무도 들이지 말라고 했습니다. 도련님은 들어올 수 있지만 같이 온 친구들은 들어올 수 없습니다."

"아니, 이분들은 내 친구들이란 말일세!"

새디어스가 큰소리로 말했지만 문은 열리지 않았다.

"문을 지키고 있는 사람이 바로 아버지가 고용한 전직 권투 선수입니다. 형이 뭐라고 말을 해 놨는지 모르지만 문을 열어 줄 생각을 안 하는군요."

그러자 홈즈가 앞으로 나섰다.

"이보게 맥머도, 자네 런던에서 3라운드 경기를 하던 아마추어 권투 선수 기억나나?"

"홈즈 씨? 어떻게 잊어버릴 수가 있나요? 그때 프로가 됐다면 크게 성공했을 텐데요."

"여전히 문을 열어 주지 않을 생각인가?"

"어서 들어오십시오. 홈즈 씨라면 제가 의심할 필요가 없을 듯합니다."

문이 열리자 홈즈는 뒤를 돌아보며 우쭐거리듯 말했다.

"이보게 왓슨, 난 탐정이 아니라도 할 일이 많다니까."

대문이 열리고 정원 사이로 난 길을 따라 현관까지 들어가면서 새디어스는 고개를 갸웃거렸다.

"이상하군요. 저기 2층에 보이는 방이 형의 방인데, 불이 꺼져 있어요. 제가 오늘 오겠다고 미리 통보했기 때문에 분명히 기다리고 있을 텐데 말이에요."

홈즈 일행은 서둘러 새디어스의 형이 있다는 방으로 갔다. 문은 안으로 잠겨 있었는데, 홈즈는 열쇠 구멍을 통해 안을 들여다보고는 깜짝 놀랐다.

새디어스가 그 안에서 눈을 부릅뜨고 앉아 있었기 때문이다. 그제야 홈즈는 새디어스가 형과 쌍둥이라고 했던 것이 생각났다.

"무슨 일이 있는 게 틀림없어."

홈즈는 힘껏 문을 밀었다. 그러나 문은 꿈쩍하지 않았다. 왓슨까지 힘을 합해서 밀자 겨우 문이 열렸다.

방 안에는 각종 실험 기구들이 있었고, 화학 약품 냄새가 코를 찔렀다. 천장에는 사람이 다닐 수 있을 만한 크기의 구멍이 뚫려 있었고, 사다리로 올라갈 수 있게 되어 있었다.

새디어스의 형은 의자에 앉은 채 죽어 있었다. 옆 탁자에는 나무에 돌을 매단 이상한 막대기가 하나 있었고, 바닥에는 밧줄 하나가 굴러다녔다. 또 탁자 위에는 종이도 한 장 있었는데, 홈즈는 그 종이를 집어 들고 읽었다.

"네 개의 서명!"

왓슨이 다가와서 물었다.

"그게 무슨 뜻이지?"

"살인자가 자신을 밝힌 거야. 누가 살인을 했는지 알리고 싶은 거였겠지."

홈즈는 시신을 자세히 살피더니 고개를 끄덕였다.

"여기를 보게."

홈즈는 시신의 목을 가리켰다. 그곳에는 바늘 같은 것이 박혀 있었다.

"독침일세. 빼도 되지만 독은 조심해야 하네."

"보물 상자가 사라졌다!"

옆에 있던 새디어스가 외쳤다.

"형은 천장의 구멍을 통해 보물 상자를 발견했습니다. 그런데 이 방에 보물 상자가 없는 걸 보니 훔쳐 간 것 같습니다."

"새디어스 씨는 경찰에 신고하십시오. 전 그동안 이곳을 조금 더 살펴보겠습니다."

"그……그러죠."

새디어스가 경찰에 신고하기 위해 밖으로 나간 뒤 홈즈가 말했다.

"자, 경찰이 오기 전에 우리에게는 약 30분 정도의 시간이 있네. 그동안 이곳을 조금 더 살펴보면 사건을 해결할 수 있어."

홈즈가 말했다.

"사건을 해결한다고? 난 이 모든 게 의문투성이라네."

"조금만 기다리면 모든 걸 설명할 수 있을 것이네."

홈즈는 자신만만하게 말했다.

"창문은 안쪽에서 잠겨 있군. 그런데 누군가가 이 창문을 통해서 여기에 들어왔네. 여기 창문틀을 보세."

창문틀에는 둥근 흙 자국이 있었다. 발자국은 아니었다. 왓슨이 홈즈에게 물었다.

"무슨 자국인가?"

"이 사건에서 항상 등장하던 사람이 한 명 있네. 바로 나무다리를 한 사람이지. 이건 나무다리 자국이야. 공범이 먼저 이 방에 들어와 밧줄을 내려 주었을 거야. 나무다리 사내는 밧줄을 타고 창문으로 들어왔다가 다시 창문으로 나간 거야. 공범이 다시 밧줄을 끌어 올리고 문을 잠근 거지."

"그렇다면 공범은 어디로 들어왔다가 어디로 사라진 거지?"

"모든 문이 잠겨 있었다면 가능성은 하나밖에 없네. 불가능한 것을 모두 지우면 진실만 남는다고 이야기했던 것 기억나나?"

왓슨은 갑자기 뭔가 떠오른 듯 소리쳤다.

"그렇군! 천장이야. 저 구멍을 통해서 들어왔다가 빠져나간 거야."

홈즈는 빙긋 웃으며 사다리를 타고 천장으로 올라갔다. 왓슨도 홈즈를 따라 올라갔다. 대들보 위로 비밀 다락방이 나타났다.

홈즈는 바닥에 바짝 엎드려 증거를 찾기 시작했다. 그러더니 뭔가를 발견한 듯 유심히 바라보았다. 왓슨은 궁금한 마음에 홈즈 옆에 같이 엎드려서 자세히 바라보았다. 그것은 작은 발자국이었다. 어른 것이라기엔 너무 작았다.

"아니, 이건 아이 발자국이 아닌가? 아이가 공범이란 말인가? 이런 끔찍한 일이……."

"글쎄, 그건 두고 봐야 알겠지. 왓슨, 자네 말대로 이 발자국이 아이 발자국처럼 매우 작은 것은 맞네. 그런데 발가락 위치를 잘 보게. 발가락 사이사이가 많이 벌어져 있다네."

홈즈는 발자국에 코를 대고 냄새를 맡았다.

"왓슨, 우리는 운이 아주 좋군. 이자가 방에 있는 실험 도구에서 흘러나온 화학 약품을 밟은 모양이네. 약품 냄새가 나."

홈즈는 몸을 일으켜 지붕으로 연결된 들창을 열었다.

"이쪽으로 도망갔겠지? 화학 약품을 밟지 않았더라도 녀석을 추적할 수 있었겠지만, 어쨌든 시간을 절약할 수 있게 됐군. 저기 경찰이 오는 게 보이네. 경찰이 조사하려면 시간이 꽤 걸릴 거야. 그 전에 우리는 새 친구를 데리고 오도록 하세."

왓슨은 고개를 갸웃거렸다.

"새 친구?"

외다리 남자의 정체

"자 인사하게, 새 친구 토비일세."

홈즈는 왓슨에게 새 친구를 소개했다. 왓슨도 웃으면서 새 친구에게 인사했다.

"잘 부탁한다."

"왈왈!"

새 친구인 강아지 토비도 반갑게 맞아 주었다.

홈즈와 왓슨은 강아지 토비를 데리고 새디어스의 형이 시체로 발견된 집으로 갔다. 경찰이 밖을 지키고 있었지만 홈즈가 이름을 대자 통과시켜 주었다.

"런던에서 신뢰를 얻고 있다는 건 좋은 일이군. 그런데 경찰이 살인 혐의로 새디어스를 체포했다네. 이해하지 못할 바는 아니지만 우리가 빨리 무죄를 밝혀 주어야겠어."

홈즈는 토비를 데리고 지붕으로 올라갔고, 왓슨은 정원에서 지붕을 바라보았다.

홈즈는 화학 약품을 묻힌 손수건을 토비의 코에 대 주었다.

"자, 토비 무슨 냄새인지 알겠지? 어서 따라가거라."

토비는 지붕을 따라 뛰기 시작했다. 약간 미끄럽기는 했지만 홈즈도 그 뒤를 따라갔다. 토비가 한쪽 끝으로 가더니 아래를 내려다보았다. 빗물 배수 파이프가 있는 곳이었다.

"음, 이 파이프를 타고 다녔군. 공범이 내려갔다면 나도 갈 수 있겠지."

홈즈는 토비를 품에 안은 채 빗물 배수 파이프를 타고 아래로 내려갔다. 아래에서는 왓슨이 지붕 위를 쳐다보고 있었다. 홈즈는 왓슨에게 주머니에서 작은 지갑 같은 것을 꺼내 보여 주었다.

"지붕 끝자락에서 발견했네."

지갑 안에는 바솔로뮤의 목에 박혀 있던 것과 같은 독침이 들어 있었다.

"다행히도 녀석이 흉기를 떨어뜨렸으니 자네나 나나 독침에 맞을 걱정은 없겠네. 그런데 왓슨, 자네 10킬로미터 정도 달릴 수 있나? 나는 문제없는데 말이지."

왓슨이 가슴을 탁탁 치며 말했다.

"이래 봬도 군인 출신일세. 다리가 좀 아프겠지만 문제없네."

"좋았어. 그럼 토비 시작해."

토비는 코를 땅에 대고 냄새를 맡더니 고개를 들고 한쪽을 바라보았다. 그러더니 홈즈와 왓슨을 한 번 쳐다보고는 달리기 시작했다. 정원을 가로지른 토비는 한쪽 벽 앞에서 '왈왈' 하며 짖었다.

"이 벽을 타고 넘어온 게로군. 어제는 비가 내리지 않았으니 아직 거리에 냄새가 남아 있을 걸세."

홈즈는 벽 반대편으로 토비를 데려갔다. 왓슨은 거리의 사람들 냄새 때문에 토비가 추적 중인 냄새를 놓치지 않을까 걱정했지만, 토비는 아무 문제없다는 듯 앞으로 달려 나갔다.

토비를 따라가는 동안 왓슨은 홈즈에게 질문했다.

"자네는 사건이 거의 해결되었다고 했는데, 범인을 안다는 말인가?"

"이번 사건은 자네가 '주홍색 연구'라고 이름 붙인 제퍼슨 호프 사건보다 더욱 명확하다네. 범인은 이미 자기 이름을 밝힌 상태야. 바로 조너선 스몰이지."

"조너선 스몰?"

"이 사건은 모스턴 양의 아버지가 가지고 있던 지도가 열쇠라네. 그 지도에는 네 개의 서명이 있었지. 그중 하나만 인도인의 이름이 아니었지. 내 추리는 이렇다네. 모스턴 양의 아버지와 숄토 소령은 인도에서 이 보물 지도를 얻었지. 물론 보물의 주인은 지도에 서명한 네 사람이었을 것이네. 그런데 이 넷은 직접 보물을 찾으러 갈 수 없어서 모스턴 양의 아버지와 숄토 소령에게 뭔가 부탁을 했을 것이네. 왜 그들은 직접 보물을 찾으러 가지 못했을 것 같나?"

왓슨은 손뼉을 치며 말했다.

"그렇군. 모스턴 양의 아버지와 숄토 소령은 감옥에서 죄수를 감시하는 교도관이었다고 했으니, 이 네 사람은 죄수였겠군. 보물이 있어도 찾을 수 없으니 모스턴 양의 아버지와 숄토 소령을 매수한 거야."

"그렇지. 아마도 그랬을 거야. 그런데 일이 틀어져서 숄토 소령이 혼자 보물을 찾았고, 모스턴 양의 아버지는 그 사실을 따지러 갔다가 그만 사고로 죽은 거지. 그런데 그 후 숄토 소령은 죄수들이 탈옥했다는 소식을 듣게 된 걸세. 죄수들 중에는 다리가 하나인 자가 있었을 거야. 그래서 외다리 남자를 그렇게 무서워

한 거지. 복수를 하러 오리라 생각한 거야. 새디어스의 말로는 런던 시내에서 아무 상관도 없는 외다리 남자를 쏘려고 한 적도 있다고 했어. 런던 시내를 활보할 수 있는 외다리 남자라면 백인일 테고, 우리가 아는 이름 중에 백인은 조너선 스몰밖에 없다네."

"역시 자네는 대단해. 이제 체포만 하면 되겠군."

토비는 길을 따라 뛰어가다가 갑자기 방향을 바꿨다. 강 쪽으로 향하는 길이었다.

강가에 이르러 짖어 대던 토비는 홈즈를 돌아보았다.

"여기까지인가 보군. 생각보다 영리한 자들이야."

홈즈가 강을 바라보며 말했다. 홈즈의 오른편으로는 '배를 빌려 드립니다'라고 적힌 간판을 내건 작은 가게가 보였다.

살인 사건의 진범

"모두들 돈 챙겼지?"

"네!"

홈즈의 집이 아이들로 꽉 차서 시끌시끌했다.

왓슨이 그 광경을 보고 한마디했다.

"아이고, 이게 다 무슨 일인가?"

"보면 모르겠나? 베이커 특공대가 다시 출동하는 거라네. 이 아이들은 어디든 갈 수 있다고 하지 않았나."

홈즈는 왓슨에게 말한 후, 다시 아이들을 돌아보았다.

"너희가 찾아야 할 것은 검은 바탕에 붉은 줄이 두 개 그려져 있고, 굴뚝에는 검은 바탕에 흰 글씨가 있는 증기선이다. 아마도

강가 어딘가에 숨어 있을 테니 찾는 즉시 나에게 달려오기 바란다. 이상!"

"예!"

아이들은 힘차게 소리치고 흩어졌다.

아이들이 사라지고 나자 왓슨이 다시 홈즈에게 물어보았다.

"배 모양까지 다 알아낸 건가?"

"강기에서 배를 빌려 주던 가게 생각나나? 워낙 특이한 사람들이라 가게 주인에게 생김새를 말해 주니 금방 기억해 내더군. 외다리 남자도 그렇지만 공범도 그에 못지않게 특이한 사람이니까 말일세."

"공범도 안단 말인가?"

홈즈는 약간 인상을 찌푸리며 말했다.

"정확히 누구인지는 모르지만 어떤 사람인지는 안다네."

"어떤 사람이라니?"

"그 작은 발자국 기억나나? 어린아이 발 크기만 했던 그 발자국 말일세."

왓슨은 고개를 끄덕였다.

"그럼 기억나고말고."

"그 발자국에는 특이한 점이 있었지. 발가락이 모여 있지 않고

벌어져 있었단 말일세. 그건 계속 신발을 신지 않고 살았다는 뜻
이지. 방에는 이상한 모양의 몽둥이가 하나 떨어져 있었고, 집
주인은 독침으로 살해당했네. 이제 뭔가 떠오르지 않나?"

왓슨은 눈동자가 휘둥그레졌다.

"원주민!"

"맞았네. 모스턴 양의 아버지와 숄토 소령은 안다만 제도에서
근무했다고 했지. 안다만 제도의 원주민은 키가 1미터 20센티미
터도 채 안 되지만 용맹하다고 알려져 있지. 자, 이제 베이커 특
공대를 기다리기만 하면 된다네."

홈즈는 하품을 하더니 누워서 금방 코를 골았다. 사건 앞에서
는 누구보다 부지런한 사람이지만, 동시에 누구보다 게으르고
낙천적인 사람이기도 했다.

홈즈와 왓슨이 집을 나선 것은 어스름하게 저녁이 몰려오기
직전이었다. 베이커 특공대로부터 조선소에 수상한 배가 있다는
첩보가 들어온 것이었다.

강가에 다다른 홈즈는 주변을 둘러보았다.

"아직 오지 않은 것 같군."

"무엇이 말인가?"

"경찰에게 경비정 한 척을 빌렸다네. 물론 경찰도 함께 가지."

"경찰이 쉽게 경비정을 빌려 주던가?"

"물론 내 이름만으로도 쉽게 빌릴 수 있었겠지만 새디어스를 무고하게 체포한 것에 대해 상부에 '잘' 말해 주겠다고 했더니 일사천리더군."

홈즈가 왓슨에게 상황을 설명해 주고 있을 때 날렵한 모양의 증기선 한 척이 다가왔다.

경찰들은 홈즈와 왓슨을 배에 태웠다. 홈즈는 경찰에게 물었다.

"이 경비정은 빠른 편인가?"

경찰은 어깨를 으쓱하며 말했다.

"아마도 이 주변에 있는 어떤 증기선보다 빠를 겁니다."

"그거 다행이군. 조선소 쪽으로 가지. 아주 영리한 녀석들이란 말이야. 조선소에 며칠 숨어 있다가 주변이 잠잠해지면 배의 색깔을 바꿔서 도망칠 생각이었던 모양이야."

홈즈는 혼잣말인지, 누가 들으라고 하는 말인지 모르게 중얼 거렸다.

경비정이 조선소에 거의 다다랐을 무렵, 배 한 대가 쏜살같이 조선소에서 빠져나오는 것이 보였다.

"어서 저 배를 추격하게. 눈치를 챈 모양일세!"

경비정은 과연 빨랐다. 앞서 가는 배를 금세 거의 따라잡은 것이다. 이제 배 두 척 정도의 거리밖에 차이가 나지 않았다. 범인들이 탄 증기선도 열심히 연기를 내뿜으며 달렸지만 역부족이었다.

증기선 갑판 위에는 한눈에 봐도 덩치가 꽤 작아 보이는 사람이 서 있었다. 해가 이미 저물었기 때문에 정확히 얼굴을 볼 수는 없었지만 원주민이 분명해 보였다.

경비정이 가까이 다가가자 원주민이 작은 피리 같은 것을 입에 무는 게 보였다.

"조심해! 독침이 남은 모양이야."

탕!

홈즈가 소리를 지르자 경찰의 총이 불을 뿜었다.

총에 맞은 원주민은 물속에 빠졌다. 경찰들이 곧바로 등을 비춰 보았지만 아무것도 찾을 수 없었다.

경비정은 증기선 바로 뒤까지 다가갔다. 경찰과 홈즈 일행은 증기선으로 건너갔다.

범인은 모든 걸 포기한 듯 선실에 얌전히 앉아 있었다. 범인 앞에는 작은 상자 하나가 놓여 있었다.

"조너선 스몰. 이제 모든 게 끝났소."

사내는 슬픈 눈으로 홈즈를 바라보았다.

"그런 것 같군. 하지만 난 절대로 바솔로뮤를 죽일 생각이 없었소. 아까 그 원주민이 놀라 우발적으로 그런 것뿐이오. 난 죄가 없소. 보물은 원래 내 것이니까 말이오."

텅 빈 상자

조너선 스몰은 체포되어 유치장에 갇혔다. 경찰은 최초에 보물을 어디에서 가져온 것인지 물어보았지만 조너선 스몰은 아무 대답도 하지 않았다.

따라서 인도에서 일어난 뭔가 좋지 않은 일에 관련되었을 거라고 추측할 수 있을 뿐이었다. 더욱 놀라운 것은 보물 상자가 비어 있었다는 사실이다. 많은 사람들은 실망했다.

조너선 스몰이 상자를 훔친 후 곧바로 다른 어딘가에 감추어 둔 것인지, 혹은 원주민이 보물을 가지고 물속으로 뛰어든 것인지 알 수 없었다.

"자네는 보물이 어디로 갔는지 알 수 있겠나?"

"글쎄, 알려고 하면 알 수도 있겠지."

왓슨의 물음에 홈즈가 대답했다. 왓슨이 궁금한 듯 다시 물었다.

"그러면 왜 찾으러 가지 않나?"

홈즈는 별 관심 없다는 듯 손가락으로 의자를 톡톡 두드리면서 말했다.

"그런 보물은 세상에서 사라지는 게 나을지도 모르네. 악의 기운이 가득한 보물이니까. 누군가를 해쳐서 얻은 보물을 또다시 훔친 두 명의 군인은 이제 더 이상 이 세상 사람이 아니네. 그의 아들과 딸도 그리 행복하게 살았다고는 볼 수 없지. 그런 일에 나의 머리를 사용하고 싶지는 않네."

왓슨은 알겠다는 듯 고개를 끄덕였다.

이번에는 홈즈가 왓슨에게 물었다.

"모스턴 양은 보물에 대해서 어떻게 생각하던가?"

"자네와 비슷한 생각이었네. 보물이 있다고 행복한 것은 아니라고 말일세. 그보다 이번 일로 좋은 사람들을 만났으니 그게 자신에게는 보물과 다름없다고 하더군."

홈즈는 왓슨을 빤히 바라보았다.

"혹시 그 보물이란 게 자네를 말한 것인가?"

왓슨의 얼굴이 붉어졌다.

홈즈는 갑자기 생각났다는 듯 주머니에서 천으로 싸인 뭔가를 꺼내 보여 주었다.

"아니 이건?"

홈즈가 보여 준 것은 독침이었다.

"이게 경비정 갑판에 박혀 있더군. 우리가 서 있던 곳 바로 근처야. 경찰이 총을 쏘기 전에 원주민이 이미 독침을 쐈던 모양이네. 조금만 옆으로 쐈어도 우리 중 누구 하나는 이 세상 사람이 아닐 뻔했네."

왓슨은 머리가 쭈뼛 서는 걸 느꼈다.

홈즈는 독침을 다시 천으로 싸면서 말했다.

"우리 생명도 보물 아니겠나?"

왓슨은 고개를 끄덕일 수밖에 없었다.

빨간 머리 클럽

미간을 찌푸리고 신문을 읽던 왓슨이 신문을 내려놓고 마치 혼잣말을 하듯이 말했다.

"이번 모스턴 양이 의뢰한 사건을 보면 말이야, 사람이란 재물에 갑자기 눈이 어두워지는 것 같아."

"자네는 아직 모스턴 양이 계속 그리운 모양이군. 사건을 해결하고 며칠이 지났는데도 그 말을 꺼내는 것을 보면 말일세."

왓슨은 얼굴이 붉어지면서 손사래를 쳤다.

"아니, 아닐세. 신문을 보니 모두 돈이나 재물에 관계된 사건밖에 없기에 말해 본 것뿐일세. 흠흠."

"사실, 인간의 욕심은 대부분 재물과 관련된 것이지. 재물이라

고 하니까 엄청난 금괴에 대한 사건이 떠오르는군."

"재미있겠군. 이야기해 주게나."

왓슨은 눈을 반짝이며 홈즈에게 부탁했다. 홈즈의 이야기는
언제 들어도 흥미진진했기 때문이다.

"그러니까, 열네 살쯤 되었을 때 이야기일세……."

홈즈는 미간에 살짝 주름을 만들며 이야기를 시작했다.

* * *

소년 홈즈는 코버그 광장 근처를 지나가고 있었다. 새로운 화
학실험 도구가 나왔다고 하여 구경을 가는 길이었다.

홈즈의 앞으로 머리카락 색깔이 빨간 신사 한 명이 고개를 좌
우로 절레절레 흔들며 걸어오고 있었다. 뭔가 고민이 많은지 주
변 사람들의 시선은 신경 쓰지 않는 듯했다.

"안녕하세요. 윌슨 씨."

"아유, 깜짝이야. 다른 생각을 하다가 네가 있는 줄도 몰랐구
나, 홈즈."

빨간 머리 신사는 광장 근처에서 전당포를 운영하는 윌슨 씨
였다. 홈즈는 전당포에 신기한 물건이나 사연이 있는 물건이 들

어오면 구경을 가기도 하고, 문제가 생겼을 때 간혹 도와주기도 한 적이 있어서 월슨 씨와는 잘 알고 지냈다.

"무슨 생각을 그렇게 심각하게 하세요? 멀리에서도 월슨 씨에게 고민이 많다는 것이 다 보일 정도네요."

"고민이라면 고민이고 이상한 일을 당해서 그렇단다."

"이상한 일이라니요?"

월슨 씨는 조금 생각하다가 결심한 듯 홈즈에게 이야기하기 시작했다.

"그래 홈즈, 이게 무슨 일인지 좀 알아봐 주겠니?"

"물론이죠. 월슨 씨. 신기한 이야기는 제 기쁨인걸요."

홈즈는 얼굴 가득히 웃음을 띠면서 대답했다. 새롭고 신기한 일은 말 그대로 홈즈를 흥분하게 했다.

"알다시피, 난 요 건너편에서 전당포를 운영하고 있단다. 그런데 어느 날 점원이 신문을 가지고 와서 나에게 보여 줬단다."

"점원의 이름은 뭔가요?"

"빈센트라고 아주 똑똑한 친구인데, 한 달 전부터 월급을 반밖에 안 받아도 좋으니 가게에서 일하게 해 달라며 찾아온 청년이지."

홈즈는 고개를 끄덕였다.

"월급을 반밖에 안 받았다고요? 신문에는 뭐라고 적혀 있었나요?"

"이상한 광고가 있었지. '빨간 머리 클럽 회원 모집'이라는 광고였어. 빈센트는 그 신문을 보여 주며 자기도 빨간 머리였으면 좋겠다고 말했어."

"빨간 머리 클럽이요?"

"빈센트 말로는, 미국의 백만장자가 만든 클럽인데, 빨간 머리를 보존하기 위해 회원이 되기만 하면 꽤 많은 돈을 준다고 하더구나. 그런데 회원 수가 정해져 있어서 아무나 가입할 수도 없고, 머리카락은 꼭 불타는 듯한 빨간색이어야 한다고 했어."

홈즈는 윌슨 씨의 머리카락을 바라보았다. 윌슨 씨는 그야말로 불타는 듯한 빨간 머리였다.

"너도 보다시피 난 불타는 듯한 빨간 머리니까, 호기심이 생겼단다. 회원으로 가입만 된다면 꽤 많은 돈을 받을 수 있다는데 관심이 안 갈 리가 없지. 내가 관심을 보이자 빈센트가 맞장구를 쳐 줬어. 지금 회원 자리가 하나 비었으니 좋은 기회라는 거야. 빈센트가 회원을 모집한다는 플리트가까지 나를 데리고 가 줬어. 빈센트가 그렇게까지 나를 신경 써 준다는 게 고마웠지."

"빈센트 씨는 참 친절한 분이군요."

"그래, 빈센트를 따라 플리트가에 갔는데, 그곳은 온통 빨간 머리 천지였단다. 내가 태어나서 그렇게 빨간 머리가 많은 것을 본 적이 없을 정도였지. 오렌지색, 적갈색, 황토색 등 빨간 머리이기는 한데도 그 색이 그렇게 다양할 수 없었지. 그런데 나만큼 불타는 듯한 빨간색인 사람은 거의 보이지 않았어. 그래서 혹시나 하는 생각이 들었지."

"그래서 어떻게 됐죠?"

홈즈는 조금 더 바짝 다가가서 물어봤다.

"빈센트가 내 손을 잡고 사람들 사이로 뚫고 들어갔단다. 그랬더니 관계자인 듯한 남자가 나타났지. 그 남자는 나를 보더니 내 손을 덥석 잡고 건물 안으로 데리고 들어갔단다. 남자가 말했지. '이제야 제대로 된 사람을 찾은 것 같습니다.' 건물 안으로 들어가자 남자는 확실히 해야 한다며 내 머리를 잡고 이러저리 당겨 보았단다. 얼마나 세게 당기는지 눈물이 날 정도였지. 남자는 '죄송합니다. 이전에 가발을 쓰거나 염색을 하고 오는 등 속이려는 사람에게 많이 당한 적이 있어서 조심을 하려고 합니다. 그런데 선생님 머리는 진짜군요' 라고 말했지. 난 꽤 기뻤단다."

홈즈는 눈을 반짝였다. 정말로 흥미로운 일을 만났을 때의 눈빛이었다.

"사내는 당장 다음 날부터 클럽에 나와서 일을 할 수 있겠느냐
고 물었단다. 오전에만 나오면 된다고 했지. 그런데 내가 전당포
일 때문에 곤란하다고 하자, 옆에 있던 빈센트가 도와줬단다. 자
기가 오전에 혼자서 일을 다 처리하겠다는 거였지. 어차피 전당
포는 저녁에 일이 많기 때문에 그것도 괜찮다고 나는 생각했단
다. 그래서 난 수락을 했고, 다음 날부터 오전에 클럽에 갔지."

 "클럽에서는 무슨 일을 하셨나요?"

 "글쎄, 그 일이라는 게 매우 이상한 거였지. 일단 오전 네 시간
동안 건물 밖으로 나가면 안 된다는 규칙이 있었어. 난 특별히
오전에 일이 없었기 때문에 그 정도는 할 수 있었지. 그랬더니
백과사전을 하나 가져다주었어. A부터 백과사전을 그대로 베끼
라고 했지. 나는 좀 의심이 되었지만 속는 셈 치고 사전을 베끼
기 시작했지. 이윽고 네 시간이 지나자 일을 시킨 남자가 나타
났고, 내가 쓴 것을 보더니 매우 훌륭하다며 금화를 네 개나 줬
단다."

 "사전을 베끼고 금화를 네 개나 받았다고요?"

 "그래, 나도 얼떨떨했지. 그래서 집에 와서 금화를 이로 꽉 물
어보기도 했어. 혹시나 가짜일지도 모른다는 생각에 말이야. 그
런데 진짜 금화였단다. 꿈을 꾸는 것 같았지. 다음 날도 클럽에

118

나갔고, 네 시간 동안 사전을 베껴 쓰고 또 금화 네 개를 받았단 다. 다음 날도, 그다음 날도. 정말 행복했지. 전당포에서 벌어들 이는 수익보다 사전을 베껴 쓰고 받는 돈이 더 많을 정도였으니 말이야."

"그동안 전당포에는 별일이 없었나요?"

"그래, 빈센트가 일을 깔끔하게 처리해 놔서 전혀 걱정이 없었 지. 황금을 낳는 거위를 가지고 있는 기분이었어."

"그런데 뭐가 걱정이죠?"

"오늘 그 모든 게 끝장이 났단다. 아침에 클럽에 나가 보니 내 가 사용하던 방은 굳게 잠겨 있고, 아무 흔적도 없었단다. 난 지 금도 꿈을 꾸고 있는 것 같구나. 그동안 돈을 다 받았으니 손해 는 아니지만 섭섭하기 이를 데 없어. 게다가 누가 장난을 친 거 라면 그렇게 많은 돈을 들여서 장난을 칠 것 같지도 않고 말이 야. 그래서 혼자 생각하며 걸어오다가 너를 만난 것이란다."

"클럽에는 며칠 동안 나간 거죠?"

"금화가 서른두 개 있으니까 8일이나 나간 것이지."

홈즈는 미간을 찌푸리고 주위를 왔다 갔다 하며 걸어 다녔다. 뭔가 생각을 정리하는 행동이었다.

"윌슨 씨, 이건 아마 아주 큰일일지도 모릅니다."

"그렇지, 하루에 금화를 네 개씩 받을 수 있었는데 그것이 모두 사라졌으니 큰일이지. 게다가 이제 A를 다 쓰고 내일이면 B로 갈 수 있었는데 말이야."

홈즈는 고개를 저었다.

"아니요, 그 정도의 일이 아닐 겁니다. 윌슨 씨 전당포를 같이 가 봐도 될까요?"

"그래, 그러자꾸나."

윌슨 씨와 홈즈는 전당포로 향했다. 전당포에 도착하자 점원인 빈센트가 맞이해 주었다.

빈센트는 친절한 얼굴에 웃음을 띠고 있었다. 홈즈는 빈센트와 인사를 나누고 전당포 이곳저곳을 살펴보았다. 윌슨 씨의 말로는 없어진 물건이 하나도 없었고, 금고도 멀쩡하다고 했다. 그리고 요즘에는 장사가 잘 안 되어서 값이 나갈 만한 물건도 없다고 했다.

홈즈는 가게 밖을 둘러보았다. 전당포 좌우로는 식료품을 파는 가게가 있었고, 건물 뒤쪽으로 은행이 있었다.

홈즈는 빈센트에게 인사를 하고 가겠다며 전당포 안으로 들어왔다. 홈즈는 빈센트와 인사를 나누며 무릎을 유심히 보았다.

"빈센트 씨, 친절하게 대해 주셔서 감사합니다."

"그래 잘 가거라."

홈즈는 인사를 하고 뒤로 돌려다가 그만 실수로 탁자 위에 둔 청동 조각상을 떨어뜨리고 말았다.

청동 조각상은 튼튼해서 멀쩡했지만, 가게 안에 조각상이 떨어지는 소리가 크게 울렸다.

홈즈는 얼른 청동 조각상을 다시 제자리에 놓으며 빈센트와 윌슨 씨에게 사과했디.

"아, 제가 실수했네요. 간혹 저도 이렇게 부주의한 모습을 보인답니다. 아직 아이니까요."

"괜찮다. 이 청동 조각상은 매우 싸구려라 부서져도 아무 상관없는 거란다. 이 청동 조각상을 들고 온 사람이 워낙 불쌍해 보여서 후하게 값을 쳐서 돈을 빌려줬는데, 지금 몇 달이 지나도록 나타나지 않는구나. 혹시 나중에 시간이 된다면 이 청동 조각상 주인을 찾는 것도 도와주었으면 하구나."

"아니요. 이번 빨간 머리 클럽 이야기도 저는 도저히 감을 못 잡겠는데요. 아마 청동 조각상 건도 해결하지 못할 것 같아요. 죄송합니다."

홈즈는 윌슨 씨에게 인사를 하며 빈센트의 눈치를 살폈다. 빈센트는 별생각이 없는 것 같았다.

홈즈는 윌슨 씨의 배웅을 받고 집으로 돌아왔다.

그날 밤, 홈즈는 윌슨 씨의 집을 다시 찾았다.

"윌슨 씨, 윌슨 씨."

빨간 머리를 한 윌슨 씨가 문을 열고 나왔다.

"홈즈 아니냐, 이 저녁에 웬일이냐?"

"윌슨 씨, 전 사건을 사실 다 파악했습니다. 그런데 빈센트가 눈치채지 못하게 하려고 전당포에서 그렇게 말한 거예요. 윌슨 씨 내일은 일요일이라 전당포 문을 닫는 날이죠?"

"그래 그렇지."

"그러면 내일 아침 일찍 경찰을 데리고 전당포로 와 주세요. 꼭 경찰을 데리고 와야 합니다. 저와 윌슨 씨 두 명이서는 해결하지 못할 문제예요."

윌슨은 어리둥절한 표정이었지만 홈즈가 워낙 단호하게 말을 해서 그러겠다고 대답했다.

다음 날 약속대로 윌슨 씨는 경찰을 데리고 나타났다.

"자, 어렵게 부탁해서 경찰까지 데리고 왔다. 이제 무슨 일인지 말해 줘."

월슨 씨가 말했다.

"별일 아니면 혼날 줄 알아라, 홈즈."

따라온 경찰도 홈즈에게 말했다.

"쉿! 조용히 하세요."

홈즈는 손으로 조용히 하라는 신호를 보내고 전당포 안으로 들어갔다. 아직 전당포 안은 어두웠다.

월슨 씨와 경찰은 영문도 모른 채 홈즈와 함께 전당포 안에 조용히 앉아 있었다.

어느 정도 시간이 흘렀을까? 전당포 바닥 쪽에 빛이 조금 보이는 듯했다. 세 명은 모두 그 빛에 집중했다.

덜컥, 하고 바닥이 열렸다. 돌로 된 바닥이 마치 문이 열리듯이 올라왔고, 그 어둠 속에서 등을 손에 든 사람 세 명이 차례로 올라왔다. 모두 뭔가 무거운 자루를 옮기려고 끙끙대고 있었다.

그때 홈즈가 앞으로 나왔다.

"은행털이 현행범으로 체포합니다. 빈센트와 그 동료 여러분!"

경찰은 권총을 빼들었다. 바닥에서 나온 세 명은 어둠 속에서도 반짝이는 권총을 보고 손을 들었다.

경찰은 가지고 온 포승줄로 빈센트와 두 명을 꽁꽁 묶었다. 빈센트의 동료 중 한 명은 월슨 씨에게 사전을 베끼도록 한 그 남자였다. 세 명의 은행털이범이 옮기려고 한 자루를 열어 보니 거기에는 아침 햇빛을 받아 찬란하게 빛나는 금괴가 들어 있었다.

"덕분에 큰 공을 세우게 되었구나. 나중에 이 은혜를 갚으마, 홈즈."

경찰은 홈즈에게 감사 인사를 하고 마차에 세 명을 태워 경찰서로 향했다.

"홈즈, 이게 다 어떻게 된 일인지 이제 이야기해 주겠니?"

월슨은 아직도 얼떨떨한 표정을 지으며 홈즈에게 물어보았다.

"저도 처음에는 그저 단순히 장난 같은 건 줄 알았죠. 그런데 누가 장난을 하면서 금화를 서른두 개나 사용하겠어요. 그 정도의 금화를 사용했다는 건 무슨 일인지는 모르지만, 좀 더 큰 무엇인가를 노린다는 거겠죠. 그리고 하루 네 시간씩 월슨 씨에게 사전을 베껴 쓰도록 했다는 건, 전당포를 네 시간씩 비워 둘 필요가 있었다는 거죠. 전당포에서 없어진 물건이 없으니 전당포 안의 어떤 물건을 노리는 게 아니라, 전당포 그 자체가 필요했다는 거죠."

"그래 그렇겠구나. 이제 들어보니 그럴듯한걸."

"모든 추리란 결과를 들어 보면 당연해 보이죠. 게다가 빈센트라는 점원은 그렇게 일도 잘하고 셈도 빠른데, 월급의 반밖에 안 받겠다고 했다죠? 그러니까 모든 일에 빈센트가 관계된 것이 확실했어요. 그래서 전당포 주변을 둘러보니 식품점하고 뒤쪽에 은행이 있더군요. 노릴 곳은 은행밖에 없죠. 그래도 마지막으로 확인을 해야 했어요."

"어떻게 확인을 했다는 말이냐? 너는 어제 그저 둘러보고 갔을 뿐인데."

"제가 눈치챘다는 걸 빈센트에게 들키면, 그날로 바로 다른 계획을 세웠겠죠. 그래서 빈센트가 모르게 행동해야 했죠. 전 인사를 하면서 빈센트의 무릎을 자세히 봤습니다. 다른 곳보다 무릎이 심하게 해졌더군요. 그건 무릎을 꿇고서 뭔가 작업을 했다는 뜻이죠. 가령 땅굴을 판다든지 하는 일 말이죠. 그리고 결정적으로 청동 조각상."

"청동 조각상?"

"예, 제가 실수로 떨어뜨린 척한 청동 조각상이 확실한 증거였죠."

"그게 실수로 떨어뜨린 게 아니라고?"

"예, 청동 조각상은 일부러 떨어뜨린 겁니다. 조각상을 떨어뜨렸을 때, 전당포 안이 크게 울린 거 기억나시나요?"

"그래, 그랬던 것 같구나. 유난히 소리가 컸다고 느꼈어."

"그건 건물 아래쪽이 비어 있었기 때문입니다. 종을 두드리면 큰 소리가 나듯이 안쪽이 비어 있는 물건을 두드리면 매우 큰 소리가 나죠. 전당포도 마치 비어 있다는 듯 큰 소리가 났죠. 빨간 머리 클럽이 없어졌다는 건 이미 작업이 완료되었다는 뜻이고, 어제는 마침 토요일이었죠. 일요일에 금괴를 훔치고 나면 월요일이나 되어야 발견될 것이고, 그러면 은행털이범은 하루 동안 유유히 자취를 감추겠죠. 그래서 오늘 오전에 급하게 오시라고 한 겁니다."

윌슨 씨는 감탄한 듯 입을 벌리고 한동안 말을 잇지 못했다.

"내, 내가 큰 빚을 졌구나. 하마터면 큰 사건에 말려들 뻔했어. 자, 그러면 이제 청동 조각상 사건도 맡아 주겠니? 보수는 톡톡히 주마. 마침 공짜로 금화도 생겼고 말이야."

윌슨 씨가 웃으며 말했다.

* * *

"대단하네, 홈즈. 어렸을 때 이미 은행털이범을 잡았다는 말인가?"

"대단할 것 없네. 남보다 조금 낫다는 게 나이랑 무슨 상관이란 말인가? 어떤 능력은 후천적으로 갈고닦을 수 있는 것이지만, 또한 어떤 능력은 타고나는 것이란 말일세. 문제는 어떤 능력이 있는지가 아니라, 어떻게 사용하는지일세."

왓슨은 자신만만하게 말하는 홈즈에게 뭔가 대꾸하고 싶었지만, 그 말에서 허점을 발견할 수 없었다.

3부

바스커빌가의 개

사냥개의 저주

홈즈는 느지막이 일어나 방에서 간단히 아침을 먹고 있었다.
그때 방문을 두드리는 소리가 났다.

"누구십니까?"

"날세, 홈즈. 왓슨일세."

"알고 있네. 들어오게."

왓슨은 문을 열고 홈즈의 방으로 들어왔다. 그의 손에는 지팡
이 하나가 들려 있었다.

"나인 줄 알았다고?"

"아침부터 문을 두드릴 사람이 누가 있겠나?"

"그런데 왜 누구냐고 물어보았나?"

"그건 일종의 인사 같은 걸세."

왓슨은 입을 약간 삐쭉거리더니 지팡이 하나를 홈즈에게 내밀었다.

"어제 찾아왔던 손님이 자네를 기다리다가 그만 이 지팡이를 깜박하고 놓고 갔다네. 자네가 한번 누가 왔다 갔는지 맞춰 보게."

홈즈는 흥미로운 눈으로 지팡이를 바라보았다.

"꽤 고급스러운 지팡이로군. '외과 의사 모디미에게 CCH 드림'이라고 적혀 있는 것으로 보아 주인은 의사가 틀림없네."

"그 정도는 나도 알 수 있다네."

"지팡이 끝이 이렇게 닳은 걸 보면 아주 활동적인 데다가 왕진이 잦은 시골 의사지. CCH는 틀림없이 런던 채링크로스병원의 약자일 거야. 아마도 이 지팡이는 런던의 병원을 그만두고 지방 병원으로 옮기면서 받았을 테지. 그리고 개를 기르는군. 개 이빨 자국이 지팡이에 많이 나 있어. 이빨 모양으로 봐서 아주 큰 개는 아닌 것 같고, 털북숭이 개일세."

"홈즈, 자네는 늘 사람을 깜짝 놀라게 하는군. 그런데 지팡이만 보고 개가 털이 많다는 건 어떻게 알았나?"

"왜냐하면 방금 어떤 사람이 털북숭이 개를 데리고 우리 집 계단을 올라오는 모습이 창문으로 보였거든."

곧바로 '딩동' 하고 초인종이 울렸다.

집으로 들어온 사람은 키가 크고 깡마른 데다가 금테 안경까지 껴서 꽤 날카롭게 보였다.

사내는 손을 내밀어 홈즈에게 악수를 청했다.

"반갑습니다. 저는 모티머라고 합니다."

"안녕하십니까. 저는 홈즈라고 합니다."

홈즈는 모티머와 인사를 나누고 왓슨도 소개해 주었다. 모티머는 자신이 일하는 병원에 대해 이야기한 뒤 요즘 어떤 연구를 하고 있는지 간단하게 덧붙였다.

"자, 이제 어떤 일 때문에 저희를 찾아오셨는지 설명해 주셨으면 합니다."

홈즈가 말하자 모티머는 주머니에서 문서를 하나 꺼냈다. 아주 오래된 문서였다.

"이 문서는 세 달 전에 돌아가신 찰스 바스커빌 경(영국에서 기사 작위가 있는 사람에게 붙이는 존칭)께서 제게 맡기신 것입니다."

"어떤 내용입니까?"

"바스커빌가에 전해 내려오는 전설을 적어 놓은 겁니다."

모티머는 문서를 들고 바스커빌가에 전해 내려오는 전설을 이야기해 주었다. 바스커빌가의 조상 중에 휴고 바스커빌이라는 사람이 있었다. 휴고는 아주 성격이 포악했다. 휴고가 어느 날 마을 처녀를 한 명 납치해서 바스커빌 저택 2층에 가두었는데, 처녀는 휴고 몰래 도망을 갔다.

이를 눈치챈 휴고는 친구들과 함께 바스커빌 저택 근처에 있는 황무지까지 처녀를 쫓아갔는데, 아주 거대한 사냥개 한 마리가 나타나 휴고를 물어 죽였다. 그 후로 거대한 사냥개는 바스커빌 저택 근처를 떠돌며 바스커빌가의 후손들에게 해를 끼친다는 것이었다.

모티머는 이야기를 마친 후 안경을 고쳐 쓰며 말했다.

"어떻습니까?"

"그저 재미있는 옛날이야기 아닙니까?"

"제가 주치의로 있던 찰스 바스커빌 경이 어떻게 죽었는지 아십니까?"

"신문으로 대강 보았습니다."

모티머는 더운 듯 목덜미를 만지며 말했다.

"사실 찰스 경은 산책로에서 뭔가 발견한 것 같았습니다. 무언가를 보고 너무나 놀란 나머지 심장에 충격을 받아 죽었습니다. 찰스 경이 죽은 위치는 황무지로 통하는 쪽문 쪽이었습니다."

홈즈는 왓슨을 잠시 바라보았다가 다시 모티머 쪽을 바라보았다.

"경찰에는 이야기하셨습니까?"

"저는 의사로서 과학적이지 않은 이야기를 경찰에 할 수는 없었습니다. 원래 심장이 좋지 않았던 찰스 경은 당시 바스커빌가의 저주에 대해 부쩍 신경 쓰는 일이 많아진 상태였습니다. 그의 먼 조상인 휴고에 비해 성품이 아주 훌륭했는데도 말이죠. 언젠가는 사냥개에 쫓기다가 죽을 거라고 생각하는 것 같았습니다. 찰스 경이 사냥개 이야기에 너무 신경을 쓰기에 전 런던으로 요양을 가 보라고 추천했습니다. 간혹 찰스 경과 이야기를 나누는 이웃인 스태플턴 씨도 그게 좋겠다고 말했습니다. 그런데 그만 런던으로 떠나기 전날 그 사건이 일어난 겁니다."

"조금만 더 자세히 말씀해 주시겠습니까?"

모티머는 물을 조금 마시더니 이야기를 계속했다.

"저는 집사에게서 찰스 경의 사망 소식을 들은 후 그가 지나다니던 산책로를 살펴보았습니다. 황무지로 통하는 쪽문에 이르자 찰스 경의 발자국이 어지럽게 나 있었습니다. 아마도 그곳에 한동안 머물렀던 것 같습니다. 몇몇 발자국들은 뒤꿈치를 들고 있었는지 앞쪽만 찍혀 있었습니다. 그리고 경찰에게도 말하지 않은 발자국을 발견했습니다."

여기까지 말하고 모티머는 조심스럽게 주위를 둘러보았다.

"어떤 발자국이었습니까?"

"그것은…… 커다란 개의 발자국이었습니다."

사라진 구두 한 짝

"모티머 박사님은 지금 세 달 전에 돌아가신 찰스 경 사건을 조사해 달라고 하시는 겁니까?"

홈즈가 궁금한 듯 물었다.

"그럴 리가 있겠습니까? 아무리 홈즈 씨라도 유령 개를 어떻게 잡겠습니까? 저는 그저 상속인의 신변을 보호하고 싶을 뿐입니다."

모티머는 찰스 경을 해친 것이 유령이라고 결론 내린 모양이었다.

"모티머 박사님, 조금 전에 개의 발자국을 보았다고 하셨죠? 발자국을 남겼다는 것은 실제로 존재한다는 증거입니다. 유령이 발자국을 남길 리는 없겠죠?"

하지만 모티머는 무언가 확신할 수 없다는 눈치였다.

"홈즈 씨, 그 유령 개를 본 목격자도 있습니다."

"그게 누구죠?"

"바스커빌 가문 저택 근처에 사는 스태플턴이라는 자와 집사로 있는 배리모어입니다."

"그 개를 목격한 것이 찰스 경 사망 전입니까, 후입니까?"

"전입니다. 돌아가신 후에는 목격한 사람이 없습니다. 바스커빌 가문 사람이 아무도 없기 때문이겠죠."

홈즈는 왓슨을 쳐다보고 어깨를 으쓱했다. 유령을 믿는 모티머를 어쩔 수가 없다는 표시였다. 그러고 보니 모티머는 살짝 떨고 있는 듯 보였다.

"그건 그렇고 상속자는 누구입니까?"

모티머는 다시 정신을 차리고 말을 이었다.

"찰스 경은 자식이 없었습니다. 그에게는 동생이 둘 있었는데, 첫째 동생은 실종되었고, 둘째 동생의 아들이 한 명 있습니다. 헨리 바스커빌이라고 합니다. 찰스 경처럼 매우 점잖은 신사입니다."

"헨리 씨는 어디에 있습니까?"

"시내에 있는 호텔에 있습니다. 오늘 런던에 도착했습니다. 바로 바스커빌 영지로 가면 또다시 그 유령 개에게 당할까 봐 호텔에서 묵으라고 했습니다."

홈즈는 그 말을 듣고 껄껄 웃었다.

"모티머 박사님, 유령이 바스커빌 영지에만 나타나고 런던 시내에는 나타나지 않습니까? 희한한 유령이군요."

모티머는 그 말을 듣고 얼굴을 붉혔지만, 여전히 유령에 대한 생각을 떨쳐 내지는 못한 듯했다.

홈즈와 왓슨은 모티머를 따라서 호텔로 갔다. 모티머는 호텔에 갈 때까지 털북숭이 개를 앞장세웠다.

헨리는 방에서 홈즈 일행을 기다리고 있었다. 모티머에게 유령 개에 대한 이야기를 들었는지 불안해하고 있었다.

"헨리 씨, 이쪽은 홈즈 씨와 그의 친구 왓슨 씨입니다."

모티머가 홈즈 일행을 소개해 주었다. 듣던 대로 헨리는 젊고 점잖게 생긴 신사였다.

"어서 오십시오, 홈즈 씨. 런던은 처음인데, 이곳에는 이상한 도둑이 있군요."

"이상한 도둑이라니요?"

헨리는 별것 아니라는 듯이 말했다.

"오늘 낮에 구두를 한 켤레 샀는데, 그걸 도둑맞았어요. 이상한 것은 한 짝만 없어졌다는 것이지요."

"한 짝만이라고요? 음, 짐작 가는 게 있는데 아직은 단정할 수가 없군요. 구두 문제는 나중에 다시 말씀드리겠습니다."

헨리는 고개를 갸웃거렸다. 구두 한 짝만 훔쳐 간 도둑 이야기를 듣고 이상하다는 생각이 들었다.

"헨리 씨는 바스커빌 저택으로 가시는 게 좋을 것 같습니다."

홈즈의 제안에 모티머는 불안한 듯 말했다.

"아니, 아직 확실한 게 아무것도 없는데 바스커빌 저택으로 가도 될까요?"

"아하하, 모든 게 확실합니다. 게다가 저와 왓슨이 헨리 씨와 같이 갈 테니 염려하실 것은 아무것도 없습니다. 내일 아침 기차를 타고 같이 가시면 됩니다."

"그렇게 하도록 하죠."

홈즈와 왓슨은 헨리와 악수를 나누고 헤어졌다. 호텔 밖으로 나온 홈즈는 집 반대 방향으로 걸어갔다.

"어디 갈 곳이라도 있나?"

왓슨이 물었다.

"아니, 뭐 꼭 그런 건 아니네."

홈즈가 주머니에서 작은 손거울을 하나 꺼내 들면서 말했다.

"갑자기 무슨 거울인가? 화장이라도 할 참인가?"

왓슨이 어이없다는 듯 물었다. 홈즈는 거울을 유심히 들여다보다가 왓슨의 말에 대답했다.

"화장이라, 그것도 좋은 생각일세. 탐정이란 간혹 얼굴을 숨겨야 할 때도 있는 법이지. 그러나 탐정에게 손거울이란 말이지, 미행하는 사람이 있을 때 사용하는 아주 훌륭한 도구란 말일세."

홈즈는 갑자기 몸을 획 돌려 달리기 시작했다. 그러자 한 사내가 놀란 듯 뒤돌아서 달렸다. 홈즈의 달리기 솜씨는 소문날 만큼 좋았다. 문제는 그 사내가 더 좋았다는 것이다. 그리 멀지 않은 곳에 마차를 준비시켜 놓았던 모양이다. 사내는 홈즈에게 잡히기 직전 마차에 올라타더니 쏜살같이 달아났다.

"최근 들어 마차를 자주 놓치는군."

뒤따라온 왓슨이 헉헉거리며 말했다.

"마차를 따라잡는다는 건 힘든 일이지. 하지만 지금 저자를 붙잡아 봤자 우리에겐 아무 증거가 없으니 별 소용이 없네. 그래도 마차 번호는 봐 두었으니 다시 찾아볼 수는 있을 거야."

홈즈는 집으로 돌아오자마자 베이커 특공대 몇 명을 불렀다.

"자, 너희는 이제부터 2704번 마차를 찾아서 그 주인을 내게 데려오도록!"

아이들이 '네!' 하며 힘차게 대답한 뒤 흩어지려 했다.

"잠깐, 넌 이쪽으로."

홈즈는 구석으로 가서 한 아이에게 뭔가 지시를 내렸다. 그 내용은 알 수 없었다. 다만 홈즈가 뭔가 작전을 발동시킨 거라고 짐작할 수 있을 뿐이었다.

한밤의 은밀한 만남

'쾅쾅!'

아침 일찍부터 문 두드리는 소리가 났다.

왓슨이 나가 보았다.

"누구세요?"

"마부입니다."

베이커 특공대가 일을 제대로 한 모양이었다. 어제 홈즈 일행을 미행하던 사내가 타고 도망간 마차의 마부였다.

홈즈가 밖으로 나와서 마부에게 물었다.

"어제 저녁에 태워 주었던 사람 기억나십니까?"

"글쎄요."

홈즈는 주머니에서 지폐를 한 장 꺼내어 마부의 손에 쥐어 주었다.

"이제 기억이 좀 나는 것 같네요. 마흔 살쯤 된 것 같은데, 약간 마른 사람이었습니다. 너무 평범하게 생겨서 뭐라고 특징을 말하기가 힘들군요."

"어제 그 사람을 어디에 내려 주었습니까?"

"기차역에서 내려 주었습니다. 그 사람이 자기 이름도 말해 주었는데 알려 드릴까요?"

"이름을 말해 주었다고요?"

마부는 고개를 끄덕였다.

"예, 아주 당당하게 말하던데요. 자기는 탐정이라면서 이름이 홈즈라고 했어요."

홈즈는 왓슨을 쳐다보았다. 그러고는 배를 잡고 웃었다.

"하하하! 완전히 당했군. 아주 배짱이 두둑한 녀석이야. 그건 그렇고, 우리도 기차역으로 가야 하니 부탁드리겠습니다."

"물론이지요."

마부는 웃으며 홈즈와 왓슨의 짐을 마차로 날랐다.

홈즈와 왓슨은 헨리와 모티머를 만나 기차를 차고 바스커빌 가문의 영지가 있는 곳으로 향했다.

헨리는 고개를 절레절레 흔들며 홈즈에게 말했다.

"아무리 생각해도 런던은 이상한 동네 같습니다."

"왜 그러시죠? 혹시 구두 문제 때문에 그런가요?"

"네. 글쎄 어제 잃어버린 새 구두는 돌아왔는데, 계속 신고 다녔던 헌 구두가 없어졌어요. 그것도 한 짝만 말이죠."

홈즈가 미간을 찌푸리며 말했다.

"흠, 예상은 했지만 꽤 집요한 사람이군요."

"예? 누구를 말씀하시는 건지요?"

헨리가 눈을 동그랗게 뜨고 홈즈를 바라보았다.

"아직은 말씀드리기 힘들 것 같습니다. 아무래도 그쪽은 우리를 계속 지켜보고 있는 듯합니다."

어느새 기차는 바스커빌 가문의 영지가 있는 곳에 다다랐다. 직접 가서 보니 바스커빌 저택은 매우 컸고, 영지도 한눈에 들어오지 않을 만큼 넓었다.

홈즈는 함께 걷고 있는 모티머에게 물었다.

"모티머 박사님, 지금 살아 있는 분 앞에서 이런 질문을 하는 게 실례인지는 알지만 확인을 위해 여쭙겠습니다. 혹시 헨리 씨가 돌아가시면 이 영지와 저택을 물려받을 사람이 있습니까?"

"찰스 경의 동생은 모두 죽거나 실종되었으니 유일한 혈육인 먼 친척뻘 되는 아저씨가 물려받을 겁니다. 그런데 그분은 나이도 너무 많고 유산에는 욕심이 없는 걸로 알고 있습니다."

"그렇군요."

저택에 들어가니 집사가 나와서 반겨 주었다.

홈즈는 집사의 눈을 피해 모티머에게 물어보았다.

"혹시 저 집사는 의심할 만한 구석이 없습니까?"

"배리모어 집사는 지금 4대째 바스커빌 저택에서 일하고 있고, 찰스 경이 이미 집사에게 유산을 일부 물려준 상태이기 때문에 그럴 리는 없습니다."

홈즈는 고개를 끄덕였다. 그때 날카로운 시선 하나가 와서 꽂히는 게 느껴졌다. 한 사내가 뭔가 화난 듯한 얼굴로 홈즈를 노려보고 있었다. 하지만 홈즈가 고개를 들어 바라보자 언제 그랬느냐는 듯 표정이 온화하게 바뀌더니 다가와서 손을 내밀었다.

"안녕하십니까, 스태플턴이라고 합니다. 저택 근처에 살고 있습니다. 저는 찰스 경과도 친하게 지냈던 사이라서 저택의 새 주인이 온다기에 인사하러 왔습니다."

홈즈와 인사를 나눈 스태플턴은 바로 헨리에게 다가가 인사를 나누었다.

"저는 헨리 씨의 백부님(큰아버지)과 친하게 지냈던 스태플턴입니다. 백부님과는 종종 저녁도 함께 먹곤 했지요. 헨리 씨도 언제 시간 되시면 저랑 저녁이라도 함께 했으면 합니다."

헨리는 웃으며 인사를 나누었다.

"예, 그렇게 하지요."

헨리는 짐을 정리하러 안으로 들어갔다. 홈즈는 모티머와 함께 찰스 경이 산책을 하다가 변을 당했다는 곳을 살펴보러 가기로 했다.

"이곳인가요?"

홈즈는 찰스 경이 발견되었다는 곳을 가리켰다.

"예, 맞습니다."

그곳은 황무지로 갈 수 있는 쪽문에서 십여 미터 떨어진 곳이었다.

"쪽문 앞에 찰스 경의 발자국이 많이 있었다고 하셨죠? 그리고 쪽문부터 여기까지는 발뒤꿈치를 들고 다닌 듯한 발자국이 있었고요?"

"예, 그렇습니다."

홈즈는 고개를 끄덕이다가 모티머를 바라보고 말했다.

"찰스 경은 여기서 누군가를 만나기로 한 것이군요. 단순한 산책이 아니었습니다. 쪽문 앞에서 누군가를 기다리며 계속 서성인 겁니다. 그래서 발자국이 한곳에 많이 찍혀 있었던 거지요. 그러다가 쪽문 쪽에서 뭔가 깜짝 놀랄 만한 것을 본 겁니다."

홈즈는 거기까지 말하고 왓슨을 돌아보았다.

"이보게 왓슨, 찰스 경은 왜 쪽문에서 여기까지만 발뒤꿈치를 들었을까?"

왓슨은 잠시 고민하다가 눈을 크게 뜨며 말했다.

"그래, 찰스 경은 갑자기 달리기 시작한 거야. 나이도 많고 심장도 안 좋았던 찰스 경이 그렇게 급히 달릴 만큼 뭔가 깜짝 놀랄 만한 것을 본 거지. 내 말이 맞나, 홈즈?"

"그렇지! 정확했네. 이제 누가 쪽문으로 찰스 경을 불러냈는지만 알아내면 모든 실마리가 풀리겠군요. 잘 아는 사람이니까 한밤중에 나왔던 거겠죠?"

모티머는 눈을 크게 떴다.

"혹시 유……유령이……."

홈즈는 모티머의 어깨를 살짝 잡으며 말했다.

"유령 이야기는 잠시 잊으셔도 좋을 것 같습니다."

휴고 바스커빌의 초상

홈즈와 왓슨, 그리고 헨리는 바스커빌 저택 식당에서 함께 저녁을 먹었다. 대저택답게 식당이 매우 컸고, 식탁 또한 열 명이 앉아도 남을 만큼 컸다. 천장에 매달린 샹들리에가 조명 역할을 했는데, 그 그림자가 오히려 을씨년스러운 분위기를 연출했다.

"집이 정말 좋군요."

왓슨이 헨리에게 말을 건넸다. 헨리는 고개를 절레절레 흔들었다.

"저는 휴고 바스커빌가에 관한 전설을 들어서 그런지 별로네요."

"그래도 앞으로 영지를 잘 관리하셔야죠."

홈즈가 말을 거들었다. 그때 홈즈의 눈에 띄는 것이 있었다. 식당 벽이 액자로 장식되어 있었는데, 모두 초상화였다.

"이분들은 모두 이곳 영지를 관리하던 분들인가요?"

홈즈가 물어보자 헨리가 고개를 돌리며 대답했다.

"예, 그렇습니다. 저도 집사에게 들어서 알았습니다."

그림은 시대를 말해 주듯 빅토리아 여왕 시대의 그림부터 다양했다. 샹들리에 그림자 때문에 을씨년스러운 데다가 초상화까지 더해지자 더욱 섬뜩한 기분이 들었다.

초상화를 찬찬히 관찰하던 홈즈가 깜짝 놀라 소리쳤다.

"아니! 이 사람은?"

헨리가 홈즈에게 가까이 다가와서 설명해 주었다.

"이분이 그 유명한 휴고 바스커빌입니다. 제 조상이기는 하지만 악행으로 유명한 분이셨죠. 게다가 그 유령 사냥개의 희생자이기도 하고요."

홈즈는 자라지도 않은 턱수염을 쓰다듬으며 나지막이 말했다.

"과연……."

"무슨 단서라도 잡았나?"

왓슨이 궁금증을 참지 못하고 다가와서 물었다.

"자네는 이 초상화를 보고 뭐 느끼는 것 없나?"

"글쎄, 인상이 조금 사나워 보이긴 한데……. 그동안 들어 온 악명 때문이겠지?"

왓슨은 잘 모르겠다는 듯 고개를 갸웃거렸다.

"사건은 이제 거의 다 해결되었네. 유령 개의 정체는 물론이고 찰스 경을 살해한 것이 누구인지도 곧 밝힐 수 있을 것 같아. 이게 다 휴고 바스커빌 덕분이네. 하하하."

헨리와 왓슨은 영문을 모르겠다는 듯 서로를 바라보며 어깨를 으쓱했다.

"아니, 그게 무슨 말씀이십니까?"

"그래, 자네 너무하는 것 아닌가?"

다음 날 아침, 헨리와 왓슨은 누가 먼저랄 것도 없이 홈즈에게 소리를 질렀다.

"글쎄, 나도 어쩔 수 없네. 이 전보를 보게."

홈즈가 보여 준 전보지에는 '외할아버지 위독, 홈즈 급히 런던으로 돌아오기 바람'이라고 적혀 있었다.

"오늘 아침에야 이 전보를 받았네. 가족 된 도리로서 가 봐야 할 것 아닌가. 오늘 갔다가 내일 저녁때까지는 꼭 돌아오도록 하겠네."

"자네한테 외할아버지가 있었나?"

왓슨이 의아하다는 듯 물었다.

"자네가 모르는 내 가족은 아주아주 많다네. 헨리 씨, 이런 상황에서 제가 런던을 다녀오게 돼서 죄송합니다. 그동안 헨리 씨는 마음 편히 계세요. 혹시 누가 저녁 초대를 하면 거절하지 말고 다녀오시고요. 헨리 씨도 이제 조금 쉬셔야죠."

홈즈는 지금까지 조심하던 태도와는 다르게 헨리를 안심시켰다. 그러고는 급히 기차역으로 달려갔다.

왓슨과 헨리는 멍하니 그 모습을 지켜볼 수밖에 없었다.

스태플턴의 초대

"저녁 식사요?"

홈즈의 말이 예언이 되었는지 이웃에 사는 스태플턴이 저녁 식사에 초대했다.

"예, 말씀드렸다시피 전 찰스 경과 아주 가까운 사이였습니다. 이제 헨리 씨가 이 저택에서 살게 되었고, 영지를 관리하게 되었으니 저와 우정을 쌓아 갔으면 좋겠습니다."

헨리는 초대를 받으면 마다하지 말고 가 보라는 홈즈의 말이 떠올랐다.

"기꺼이 초대에 응하도록 하지요. 여기 제 친구인 왓슨 박사와 함께 가도 될까요?"

스태플턴은 곤란하다는 표정을 지었다.

"저희 집이 너무 좁아서 두 분을 초대하기에는 조금 무리입니다. 제가 박물학자(동물, 식물, 광물 등 자연물을 연구하는 사람)라 수집품을 모아 두기 위해 창고를 넓혔습니다. 그 탓에 집이 매우 좁아졌지요. 죄송하지만 이번에는 헨리 씨만 초대해야 할 것 같습니다. 죄송합니다."

왓슨은 공연히 자기 때문에 자리가 불편해진 것 같아 손사래를 치면서 말했다.

"아, 저는 신경 쓰지 마십시오. 저녁 때 산책도 하고, 그동안 밀린 일기도 쓰면 됩니다."

"그러면 오늘 저녁에 스태플턴 씨 댁으로 가겠습니다."

헨리는 스태플턴의 초대를 받아들였다.

저녁이 되자, 헨리는 스태플턴의 집으로 향했다. 이웃이라고 하지만 외진 곳에 있어서 꽤 먼 길을 가야 했다. 가는 길 왼쪽에는 황무지가 넓게 펼쳐져 있었고, 오른쪽으로는 숲길이 나 있었다. 벌써 어둑어둑해지고 있어서 헨리는 기름등이라도 하나 준비해 나올걸 하며 후회했다. 집에 오는 길에는 스태플턴에게 등을 하나 빌려야겠다고 생각했다.

이런저런 생각을 하며 걷고 있는 헨리의 뒤를 살금살금 뒤따르는 그림자가 하나 있었다. 그림자의 주인공은 조용히 품속에 있는 권총을 손으로 만지작거렸다. 의무관이었지만 군인 시절부터 가지고 있던 권총이었다.

그는 바로 왓슨이었다. 왓슨은 아무래도 헨리가 걱정되었다. 정말 유령 개가 있다면 권총도 소용없겠지만, 홈즈가 분명 유령은 아니라고 했으니 뭔가 있을 거라고 생각했다.

홈즈가 없는 지금, 자신이 홈즈를 대신해서 헨리를 지켜야겠다는 생각에 몰래 뒤를 밟은 것이다.

헨리는 스태플턴의 집에 도착했다. 왓슨은 근처 수풀 속에 숨어서 안을 엿보기로 했다.

스태플턴의 집은 그의 말대로 매우 작았다. 창문 너머로 식탁이 보였는데 헨리와 스태플턴이 앉으니 집이 꽉 찼다. 하지만 왓슨이 함께 식사를 하지 못할 정도는 아니었다.

왓슨은 간단히 간식을 먹고 나오기는 했지만 두 사람이 식사하는 모습을 훔쳐보고 있자니 배가 고팠다. 홈즈가 편히 쉬라고 했는데 공연히 고생만 하는 것은 아닌가 하는 생각도 들었다.

창문 너머로 보기에 두 사람은 화기애애한 분위기에서 이야기를 주고받는 것 같았다. 와인도 한두 잔씩 서로 주고받는 게 보였다. 이윽고 저녁 식사가 끝나고 둘이 밖으로 나왔다. 왓슨은 몸을 숙여서 두 사람을 지켜보았다.

"아주 즐거운 식사 시간이었습니다."

"아이고, 별말씀을요. 그나저나 저희 집에도 기름등이 없어서 빌려 드리지 못할 것 같습니다. 이거 미안해서 어쩌죠?"

헨리가 기름등을 빌리려 한 모양이었다.

"괜찮습니다. 다행히 달빛이 밝아서 집까지 가는 데 큰 문제는 없을 것 같습니다."

헨리는 스태플턴에게 인사를 하고 돌아섰다. 스태플턴도 집으로 들어갔다.

왓슨은 아무 일도 일어나지 않자 공연히 헛수고했다는 생각이 들었다. 게다가 쪼그려 앉아 있었던 탓에 다리가 저려 왔다.

왓슨은 바스커빌 저택으로 돌아가기 위해 허리를 펴고 일어섰다. 그때 스태플턴의 커다란 창고에 불이 켜지는 게 보였다.

그러더니 갑자기 창고에서 검은 눈에, 송아지처럼 큰 사냥개가 입에서 불을 뿜으며 뛰쳐나왔다. 말로만 듣던 '유령 개'였다.

왓슨은 덜덜 떨리는 손으로 겨우 권총을 붙잡았다. 유령 개는 헨리가 걸어가는 곳으로 곧장 달려갔다. 왓슨은 더 이상 지체할 시간이 없었다. 저린 다리를 이끌고 유령 개를 쫓아서 달렸다.

유령 개의 실체

헨리는 와인을 마셔서 그런지 기분이 좋았다. 달도 밝아서 흥얼흥얼 콧노래가 나왔다. 그런데 뒤에서 뭔가 이상한 소리가 들리는 것 같았다. 헨리는 소리 나는 쪽으로 고개를 돌렸다.

멀리 떨어진 곳에서도 정확히 볼 수 있었다. 유령, 아니 유령 개였다.

달빛밖에 없는 어두운 밤인데도 눈과 입에서 불을 뿜는 모습이 정확하게 보였다. 휴고와 찰스를 죽였다는 그 유령 개가 틀림없었다.

헨리는 있는 힘껏 달렸다. 유령보다 빠를 리야 없겠지만 지금 할 수 있는 일은 빨리 달리는 것밖에 없었다.

그러나 칠흑같이 어두운 밤에 달리는 건 쉬운 일이 아니었다. 몇 미터 달리기도 전에 돌부리에 걸려 넘어졌다. 넘어진 채 몸을 돌려 뒤를 보았다. 유령 개가 거의 눈앞까지 왔다. 헨리는 이제 죽었다는 생각밖에 들지 않았다.

"으아악!"

헨리는 눈을 가리고 자기도 모르게 소리를 질렀다.

'퍽!'

'켕!'

'툭!'

눈을 가린 헨리의 귀에 이상한 소리가 연속으로 들렸다. 헨리는 살짝 눈을 떴다. 앞에는 약간 말랐지만 키 큰 사내가 서 있었고, 그 앞으로 유령 개가 혀를 내밀고 쓰러져 있었다.

키 큰 사내가 헨리 쪽으로 돌아서며 말했다.

"많이 놀라셨죠? 이건 마취 주사를 쏘는 총입니다. 공기총이라 소리가 크지 않은 게 장점이죠."

들고 있는 총을 태연히 설명하는 사내는 홈즈였다. 곧 왓슨이 숨을 헐떡이며 권총을 들고 뛰어왔다.

"어이, 왓슨. 위험한 총은 이제 그만 집어넣게. 모두 끝났네."

'퍽'은 공기총이 발사되는 소리, '켕'은 사냥개의 짧은 비명,

'툭' 은 사냥개가 쓰러지는 소리였다.

"자, 이제 스태플턴의 집으로 가세. 거기서 모든 것을 설명해 주겠네. 그보다 저 사냥개부터 묶어 두어야겠어."

홈즈와 왓슨, 헨리가 집으로 들이닥쳤을 때, 스태플턴은 저항하려 했으나 왓슨이 권총을 보여 주자 곧 순순히 투항했다.

"저자이 창고를 뒤져 보게. 아마도 아까 그 사냥개의 털과 헨리 씨가 런던에서 잃어버린 구두가 나올 걸세."

"구두?"

"헨리 씨가 런던에서 구두를 잃어버렸다고 하지 않았나. 난 그 이야기를 듣고 유령이 아니라 실제 사냥개가 있다는 것을 알아챘네. 구두 냄새를 맡게 하려던 걸세. 나중에 개로 하여금 그 냄새가 나는 사람을 쫓게 하려고 말이야. 그런데 처음 훔쳤던 구두는 새 구두여서 소용이 없었지. 그래서 다시 돌아와 헌 구두를 훔쳤던 걸세. 아주 끈질긴 사람이야."

"그걸 알았다면 왜 바로 체포하지 않았나?"

왓슨은 홈즈에게 물어보았다.

"그때는 증거가 전혀 없었기 때문이야. 개를 기른다고 해서 체포할 수는 없는 노릇 아닌가. 게다가 이 지역에서 개 기르는 사람을 모조리 조사할 수도 없고 말이야."

"위험한 상황인 걸 알면서도 자네는 오늘 런던에 다녀온 것인가?"

"아니, 난 런던에 가지 않았네. 그동안 마취 총을 구해서 숨어 있었지. 그 전보는 베이커 특공대가 보낸 거야. 내가 이곳으로 오기 전에 부탁을 해 두었지. 전보를 보내라고 말이야. 왓슨, 자네까지 속여서 미안하네. 그런데 내가 이곳에 있다고 하면 범인이 움직이지 않을 것 같아서 미리 함정을 파 놓았다네."

"그렇다면 내가 범인이란 것은 어떻게 알았지? 이웃이 나만은 아닌데 말이야. 어떻게 우리 집 앞에서 기다렸나?"

스태플턴은 분노한 눈으로 홈즈를 노려보며 물었다.

"그건 다 초상화 덕분일세. 식당에 걸려 있던 초상화 기억나나? 자네는 휴고 바스커빌과 너무나 닮았더군. 아마도 신분을 숨기고 있는 친척이겠지. 재산 상속을 노린 게 틀림없어. 다른 친척들이 모두 죽으면 자네에게 재산이 돌아올 거라 믿은 거야. 마침 바스커빌 가문에는 유령 사냥개에 관한 전설이 내려오고 있었으니 개를 이용하면 될 거라고 생각했겠지. 내 말이 맞나?"

"그래. 난 찰스 경의 사라진 두 동생 중 첫째 동생의 아들이다. 찰스 경은 내 아버지의 성품이 좋지 않다며, 절대로 재산을 물려

줄 수 없다고 했지. 그 말에 화가 난 아버지는 의를 끊고 시골에서 사시다가 돌아가셨어. 그 후 난 이곳에 와서 찰스 경의 심장이 안 좋다는 이야기를 듣고 전설 속의 사냥개를 이용하기로 한 거야. 박물학자로 신분을 숨기고 찰스 경과 친하게 지냈지. 그날 밤 할 이야기가 있다고 하니 산책로 쪽으로 나오더군. 그때 사냥개를 보여 주니 놀라서 도망가다가 심장 마비로 죽고 만 거야. 이제 재산은 내 것이라고 생각했는데 또 다른 동생의 이들, 헨리가 있다는 이야기를 듣고 한 번 더 사냥개를 이용하기로 한 것이다!"

스태플턴은 분노에 차서 자신의 계획을 모두 말했다.

"그런데 그 사냥개는 전설에서처럼 눈과 입에서 불을 뿜던데 어떻게 된 거죠?"

헨리가 착잡한 표정을 지으며 홈즈에게 물었다.

"아마도 '인'이라는 물질을 발라 두었을 겁니다. 어둠 속에서 빛을 내는 물질이죠. 그리고 스태플턴의 창고가 큰 이유는 개 때문이었겠죠. 저렇게 큰 개를 실내에서만 기르려니 넓은 공간이 필요했을 겁니다."

모든 설명을 끝낸 홈즈는 경찰을 불러 스태플턴을 넘겼다.

"재산과 저주를 동시에 물려받으니 기분이 좋지 않군요."

헨리는 잡혀가는 스태플턴을 보며 말했다.

"세상 모든 일이 마찬가지입니다. 좋은 일과 나쁜 일은 함께 오는 법이죠. 이제 저희도 런던으로 돌아가야겠습니다. 이번엔 진짜로 가는 겁니다."

홈즈는 웃으며 헨리에게 악수를 청했다.

런던으로 가는 기차 안에서 왓슨은 홈즈에게 물었다.

"자네는 유령을 믿지 않는다고 했는데, 신은 있다고 믿는가?"

"글쎄……, 어쨌든 인간의 마음만은 믿네."

기차는 하얀 연기를 내뿜으며 런던으로 향했다.

얼룩무늬 끈의 비밀

집으로 돌아온 왓슨은 아직까지 몸서리를 치고 있었다.

"사람이란 참 잔인하군. 그 송아지만 한 개를 이용할 생각을 하다니 말이야. 난 아직도 그 개가 꿈속에 나온다네."

"이 세상에서 가장 무서운 것은 그 개가 아니라 그 개를 조종할 생각을 한 사람이지. 그래도 개는 인간의 가장 친한 동료라고 볼 수 있지만 다른 동물들은……."

홈즈는 뭔가 생각이 난다는 듯 몸을 부르르 떨었다.

"자네를 그렇게 몸서리치게 만든 동물은 무엇인가?"

"음, 이것도 아주 예전 이야기구먼. 그런데 그때 그 사건 때문에 난 아직도 그 동물만 보면 소름이 끼친다네."

"어떤 이야기인데 그러나? 나에게도 이야기를 좀 해 주게."

언제나와 다름없이 왓슨은 홈즈 쪽으로 의자를 바짝 당겼다. 따뜻한 차도 한 잔 있으니 이야기를 듣기에는 더없이 좋은 환경이었다.

"열세 살쯤 되었을 때네. 어느 한적한 시골에 놀러 간 적이 있었지……."

홈즈의 이야기는 다시 시작되었다.

* * *

소년 홈즈는 가족과 함께 런던에서 기차를 타고 서쪽으로 몇 시간을 달려갔다. 그곳에 있는 친척 집을 방문하기 위해서였다.

가족들이 친척 집에 들른 동안 심심해진 홈즈는 동네를 둘러보았다. 그 지역은 오래된 귀족 집안인 로일롯 가문의 영지로 알려진 곳이었다. 하지만 이제 말이 귀족이지 로일롯 가문은 모두 망해서 가난뱅이나 다름없었다.

홈즈는 이곳으로 여행을 오기 전에 사전 정보를 충분히 공부했다. 어느 지역을 가든 미리 특징을 알아 두는 건 홈즈의 오랜 습관이었다.

멀찍이 로일롯 가문의 저택이 보였다. 저택이라고는 하지만 규모도 작았고, 마당은 그동안 가꾸지 않은 것을 확실히 알 만큼 잡초가 무성하게 자라 있었다. 게다가 주변에는 철조망까지 둘러 있어서 집이라기보다는 작은 교도소 같다는 생각이 들었다.

　　'맹수가 있음, 접근 금지.'

　　철조망에 붙어 있는 푯말을 홈즈는 유심히 들여다보았다.

　　'이런 곳에 맹수라니? 개보다 더 무시운 짓이 돌아다닌나는 뜻인가?'

　　홈즈가 생각에 잠겨 있는 사이, 누군가 뒤에서 다가왔다.

　　"얘, 너는 누구니?"

　　"앗, 깜짝이야."

　　홈즈는 화들짝 놀랐다. 그러더니 당황한 것을 감추려 헛기침을 했다.

　　"흠흠. 뒤로 사람이 온다는 것쯤은 눈치를 챘어야 했는데, 이상한 풍경에 집중하다 보니 신경을 쓰지 못했군요. 이런 실수는 잘 하지 않는 편인데, 흠흠. 어쨌든 전 홈즈라고 합니다. 셜록 홈즈지요."

　　앞에는 스무 살이 조금 넘은 아름다운 아가씨가 서 있었다.

　　아가씨는 홈즈가 재미있다는 듯 미소를 지으며 손을 내밀었다.

"나는 헬렌이라고 해. 네가 바라보는 이곳 로일롯 저택에 살지. 난 로일롯 박사의 딸이야. 친딸은 아니지만."

홈즈는 로일롯 집안의 결혼식이 다음 날 있을 거라는 이야기를 들은 기억이 났다.

"아, 그러면 헬렌 누나가 내일 결혼식을 하는 분이군요?"

"그래, 내가 내일 결혼하는 사람이란다."

순간 헬렌의 얼굴에 그림자가 지는 것을 홈즈는 놓치지 않았다.

"그런데 무슨 걱정이 있나요? 얼굴빛이 좋지 않네요."

"너한테도 그렇게 보이다니 큰일이구나. 내일 결혼식까지는 근심이 사라져야 할 텐데 말이야."

"저한테 말해 주면 안 되나요? 런던에서는 제가 걱정거리를 없애주는 사람으로 나름 유명해요."

헬렌은 홈즈를 바라보았다. 선명하게 빛나는 눈빛이 믿음을 주었다. 헬렌은 근심하고 있는 내용을 아무에게도 말한 적이 없었다. 혹시 잘못 말했다가는 의붓아버지에게 피해를 줄까 봐 두려웠던 것이다. 그런데 홈즈는 런던에서 온 사람이니 말을 해도 될 것 같았다. 아직 소년인 홈즈에게 큰 기대를 하는 것은 아니었다. 답답한 마음을 털어놓으면 조금 위안이 될 것 같다는 생각이 더 컸다.

"사실, 내 쌍둥이 동생도 결혼식을 올리기 하루 전에 죽었단다. 혹시 나도 똑같이 될까 봐 너무 무섭구나."

"쌍둥이 동생이 죽었다고요?"

"그래. 결혼식을 하루 남기고 죽었는데, 의사는 심장마비라고 그러더구나. 난 사실 그 말을 믿을 수가 없어. 동생은 매우 건강했고, 결혼을 한다고 매우 들떠 있었거든."

"심장마비가 아니라고 믿는 이유는 뭐죠?"

"동생이 죽기 며칠 전에 내게 한 말이 있어. 아무에게도 이야기하지 않았는데, 그게 아무래도 동생의 죽음과 관계가 있는 것 같아."

"무슨 말이었죠?"

"동생은 며칠 전부터 밤에 휘파람 소리 같은 게 들리고 철문이 열렸다 닫히는 소리가 들린다고 했어. 그때는 대수롭지 않게 넘어갔지. 그런데 무슨 얼룩무늬 끈 같은 게 집 안에 있다며 횡설수설하기도 했지."

"얼룩무늬 끈이라고요?"

"응, 끈이라면 집에 많이 있으니까, 뭔가 잘못 본 것이겠지, 하고 생각했어. 그리고 며칠 후 동생이 죽었어. 결혼 하루 전에 말이야. 그런데 동생의 방문은 안으로 잠겨 있었고, 사람이 침입한 흔적은 하나도 찾을 수가 없었어. 결국 심장마비라고 판정을 받았지."

"만약 제가 그 자리에 있었더라면 조금 더 자세히 사망 원인을 밝혔을 텐데요. 그런데 헬렌 누나는 지금 의붓아버지를 의심하고 있는 것이죠?"

헬렌은 깜짝 놀라는 얼굴을 하더니 주변을 둘러보았다.

"어떻게 알았니?"

"조금 전 로일롯 박사의 친딸은 아니라고 말해 주셨죠? 만약 아버지와 관계가 좋다면 처음 보는 제게 굳이 친딸이 아니라고 밝힐 필요는 없었을 테니까요. 의붓아버지를 의심할 만한 이유가 있는 거죠?"

헬렌은 더 이상 숨길 것이 없다고 생각했다. 이렇게 똑똑한 아이라면 무언가 기대해도 되지 않을까 하는 생각을 하며 모든 것을 말하기로 했다.

"의붓아버지와 어머니는 인도에서 결혼을 했단다. 친아버지는 일찍 돌아가셨고, 어머니는 우리 자매를 키우며 사업까지 크게 성공했는데, 집안이 망해서 뭔가 일거리를 찾으러 인도에 온 의붓아버지와 만나게 된 것이지. 어머니와 의붓아버지는 인도에서 사업을 정리하고 영국으로 이사를 왔어. 그런데 그만 철도 사고로 어머니가 돌아가시고 말았단다."

헬렌은 그때 일이 생각났는지 고개를 숙였다.

"안됐네요."

홈즈는 위로하듯 헬렌의 손을 잡았다. 헬렌은 홈즈가 기특하다는 듯 머리를 한번 쓰다듬어 주고 이야기를 계속했다.

"어머니는 미리 유언장을 작성해 두셨어. 어머니의 막대한 재산은 모두 의붓아버지에게 상속되지만, 두 딸이 크고 나서 결혼을 하면 그 재산을 나누어 주라는 것이었어. 의붓아버지는 우리가 자라는 동안에는 어머니의 재산에서 나오는 이자만으로도 먹고살 수 있었지만, 딸들이 결혼하고 나면 재산이 사라지는 상태가 된 거지."

"비록 의붓아버지지만 충분히 딸을 해칠 만한 이유가 있었군요. 헬렌 누나가 의심을 하는 것도 당연해요. 그리고 지금까지 키워 준 의붓아버지를 의심한다는 이야기를 남들에게 함부로 하기 힘들었겠다는 것도 이해해요."

헬렌은 홈즈가 고마웠다. 헬렌의 마음을 이렇게 모두 이해해 주는 사람은 처음이었다.

"며칠 전부터 나는 정말 두려움에 떨고 있단다. 의붓아버지가 갑자기 공사를 시작했어. 집을 수리한다면서 말이야. 그래서 내 방 한쪽 벽이 완전히 뚫려 버렸지. 의붓아버지는 벽이 뚫린 곳에

서 잘 수 없으니 전에 동생이 쓰던 방을 며칠간 사용하라고 하셨어. 그리고 그 방을 사용하기 시작하면서부터 밤에 동생이 말하던 휘파람 소리가 들리는 거야. 그 소리가 들리면 잠을 잘 수 없었어. 이제 하루만 더 버티면 결혼을 해서 이 집을 떠날 수 있으니 모든 것이 괜찮아질 텐데 말이야."

홈즈는 뭔가 결심한 듯 헬렌에게 말했다.

"누나, 지금 집을 좀 살펴볼 수 있을까요? 누나가 지금 잠을 자는 방을 볼 수 있으면 더 좋을 텐데요."

"의붓아버지는 오늘 시내로 물건을 살 것이 있다고 잠깐 나가셨으니까, 지금은 방을 둘러볼 수 있을 거야. 치타와 비비는 밤에만 풀어 놓으니까 말이야."

"예, 그러면 지금 가서 방을 살펴볼…… 잠깐만, 치타와 비비라고요?"

홈즈는 눈이 똥그랗게 변했다.

"그래 의붓아버지는 인도에서 영국으로 올 때 동물 몇 마리를 데리고 오셨단다. 그 동물을 밤에는 마당에다 풀어 놓지. 그래서 맹수 주의라는 푯말도 달아 놓은 거야."

홈즈는 살짝 오싹함을 느꼈다.

"지, 지금은 분명 어딘가에 묶여 있겠죠?"

"그래 의붓아버지가 저녁에 풀어 주기 전까지 자기들 우리에 들어가 있을 거야. 아까는 그렇게 의젓하더니 동물 이야기를 하니까 겁이 나는가 보구나. 걱정되면 안 들어가 봐도 돼. 지금까지 내 이야기를 들어 준 것만으로도 고마웠어."

홈즈는 애써 목소리를 가다듬으며 대답했다.

"무, 무서운 건 아니고. 생소한 동물이라 당황한 것뿐이에요. 자, 가, 가 보죠."

홈즈와 헬렌은 저택으로 들어갔다.

홈즈는 헬렌이 현재 사용하는 방을 살펴보았다. 방의 구조는 간단했다. 벽 쪽으로 침대가 하나 있었고 작은 벽장이 있었는데, 그게 전부였다.

침대 머리맡에는 설렁줄(끝에 방울 등을 달아 놓고, 하인이나 다른 사람을 부를 때 이 줄을 당긴다)이 내려와 있었다. 홈즈는 설렁줄을 당겨보았다.

"어랏? 설렁줄에서 아무 소리도 나지 않는데요?"

홈즈는 설렁줄 끝을 조사해 보았다. 설렁줄은 다른 곳으로 이어진 게 아니라 환기구 바로 앞에 있는 고리에 묶여 있었다.

환기구도 이상한 위치에 있었다. 보통 환기구라면 밖으로 통해 있어야 하는데 이 환기구는 옆방으로 통하게 되어 있었다. 어

른 팔뚝보다 조금 가는 크기의 환기구라 이곳으로 사람이 왔다 갔다 할 수는 없을 것 같았다.

"이 침대도 조금 이상한데요?"

"무엇이 이상하지? 난 잘 모르겠는데?"

헬렌은 침대를 쳐다보았다. 침대보가 가지런히 놓여 있었고 이상한 점을 찾을 수는 없었다.

"이 침대의 다리는 바닥에 고정되어 있어요. 보통 침대를 이렇게 놓고 사용하지는 않죠. 침대를 옮길 수 없게 만들어 놨어요."

"그러고 보니 그렇구나."

"혹시 옆방도 확인할 수 있을까요?"

"옆방은 의붓아버지가 서재로 사용하는 곳인데 지금은 자리를 비우셨으니 괜찮을 거야."

홈즈와 헬렌은 옆방을 살펴보았다.

옆방은 헬렌의 말대로 서재였다. 많지는 않지만 여러 권의 책이 있었고, 그중 인도에 관한 책이 많았다.

"이 금고는 이 장소와 어울리지 않네요."

홈즈가 말한 것은 철제 금고였다.

"그리고 이것도."

홈즈는 금고 옆에서 끝이 고리 모양으로 된 채찍을 찾았다. 용도를 알 수 없는 물건이었다.

"이 채찍이 동생이 얼룩무늬 끈이라고 말한 그것일까?"

홈즈는 단호하게 고개를 좌우로 흔들었다.

"아니요. 이게 그 끈은 아닐 거예요. 하지만 아무 상관이 없다고는 할 수 없죠. 제 예상이 맞는다면 아주 비열하고 끔찍한 음모가 벌어지고 있어요. 오늘이 고비예요. 헬렌 누나가 원래 자던 방에 제가 숨어 있다가 밤이 되면 몰래 이 방으로 건너올게요. 꼭 그래야만 해요."

"나를 걱정해 주는 건 좋지만 부모님이 걱정하지 않으시겠니?"

"정의를 위해, 이 정도 각오는 해야죠. 부모님도 아마 이해해 주실 거예요."

"그래, 고맙구나."

홈즈는 벽에 구멍이 뚫린, 원래 헬렌의 방에 숨었다. 벽에 구멍이 뚫려 있으니 아무도 이 방에 오지는 않을 거라고 생각했다. 다만 '저 구멍으로 치타나 비비가 먼저 들이닥치지 않아야 하는데' 하고 홈즈는 생각했다. 홈즈는 공사에 쓰려고 가져다 놓은 나무 중에서 몽둥이가 될 만한 것을 찾아 꼭 껴안았다.

어느덧 날은 어두워지고 마차 소리가 들렸다. 로일롯 박사가 돌아온 모양이었다.

밖에서 두런두런 말소리가 들렸다.

"헬렌, 내일이 드디어 결혼이구나. 오늘은 꼭 방에서 문을 잠그고 자라. 아무도 들어오지 못하도록 말이다. 네가 걱정되어 하는 말이다."

의붓아버지의 목소리가 들렸다. 홈즈가 듣기에는 전혀 걱정하는 말투가 아니었다.

"예, 아버지."

헬렌의 목소리도 들렸다. 홈즈는 잠시 기다리다가 헬렌의 방으로 몰래 숨어들어 갔다. 헬렌에게는 불편하더라도 침대가 아니라 의자에서 기다리라고 말하고 홈즈는 침대에 앉았다.

시간이 흘러 밤은 점점 깊어졌다. 달빛이 겨우 보이는 밤이었다. 어두운 방에서 아무 말도 하지 않고 앉아 있는 건 매우 지겨운 일이었지만, 그날만은 너무 긴장해서 졸음도 오지 않았다.

그때 환기구에서 뭔가 반짝하는 불빛이 보였다. 그리고 휘파람 소리가 들렸다. 온몸에 소름이 돋게 하는 불안한 소리였다. 홈즈가 갑자기 벌떡 일어나더니 소리를 질렀다.

"당장 사라져라, 이 녀석!"

홈즈는 품고 있던 몽둥이로 설렁줄을 힘껏 내리쳤다. 잠시 후 옆방에서 의붓아버지의 비명 소리가 들려왔다.

홈즈와 헬렌은 등에 불을 밝히고 옆방으로 달려갔다. 의붓아버지가 눈을 부릅뜨고 의자에 앉아 있었는데, 그의 머리에는 얼룩무늬 끈이 똬리를 틀고 앉아 있었다.

"얼룩무늬 끈!"

헬렌이 소리쳤다.

홈즈는 고리가 달린 채찍을 들고, 고리에 얼룩무늬 끈을 밀어 넣었다.

"늪 살모사입니다. 맹독을 품고 있는 뱀이에요. 추리를 하면서도 이런 일은 없기를 바랐는데, 결국 이렇게 됐군요."

의붓아버지가 인도에서 가져온 여러 동물 중에는 늪 살모사도 있었다. 의붓아버지는 환풍구를 통해 딸이 있는 방으로 뱀을 넣었던 것이다. 그러면 뱀은 설렁줄을 타고 딸의 머리 쪽으로 내려가게 되어 있었다. 휘파람은 뱀을 부를 때 내는 소리였다.

* * *

"그래서 어떻게 되었나?"

"헬렌 양은 너무나 슬픈 일을 겪었지만, 좋은 남자를 만나서 결혼해서 잘 살고 있네. 동물들은 모두 붙잡아서 동물원 등으로

돌려보냈지. 난 말도 안 하고 외박을 했다는 이유로 조금 혼이 나기는 했지만, 그 일을 계기로 큰 결심을 했다네. 절대 돈이나 재물 때문에 서로를 해치는 일이 없도록 하겠다고 말일세. 그래서 탐정을 시작했는지도 모르지."

왓슨은 고개를 끄덕였다.

"그래, 절대로 그런 일이 일어나서는 안 되지. 그나저나 뱀이라니 끔찍하구먼. 자네가 지금까지도 몸서리를 치는 이유를 알 것도 같네."

"그래, 뱀은 쉽게 정이 가기 힘든 동물이지. 그런데 자네는 뱀과 아주 친한가 보네, 허리에 한 마리를 안고 다니니 말일세."

왓슨은 허리를 내려다보고 깜짝 놀랐다.

"으엇!"

"하하하, 왓슨, 그건 자네 허리띠라네. 아침부터 그런 얼룩무늬 허리띠를 매고 있었으면서 지금 새삼스럽게 놀라는 건가? 동양에는 이런 속담이 있다고 하네. 자라 보고 놀란 가슴 솥뚜껑 보고 놀란다고 말일세. 자네가 딱 그 모양새네."

홈즈는 정말 우스운 것을 봤다는 듯 크게 소리 내어 웃었다.

왓슨은 손수건을 꺼내 땀을 닦으며 홈즈를 째려보았다. 차는 어느덧 식어 있었다.

4부

공포의 계곡

시신 머리맡에 놓인 종이

　홈즈와 왓슨, 그리고 맥도널드 경감은 벌스톤으로 향하는 기차에 몸을 싣고 있었다. 또 다른 사건이 시작되었다.

　아침 일찍부터 경찰서에서 근무하는 맥도널드 경감이 홈즈에게 사건 조사를 의뢰한 것이다.

　"벌스톤은 어떤 곳인가요?"

　심심한 듯 창밖을 바라보던 왓슨이 맥도널드 경감에게 물었다.

　"조금 특이한 곳이지요. 원래는 요새로 사용하던 곳인데, 지금은 일반 사람들이 살고 있습니다. 요새였던 곳이라 해자(적들이 안으로 들어오지 못하도록 요새 밖을 빙 둘러 물을 채워 넣은 곳)와 도개교(들어 올릴 수 있는 다리로, 해자를 건널 때 사용한다)가 아직도 있습니다. 그래서 도개교를 들어 올리면 사람이 왔다 갔다 할 수 없는 곳이죠."

"그곳에서 사건이 일어났다는 건가요?"

"예. 몇 년 전에 벌스톤을 사들인 존 더글라스란 자가 총을 맞고 죽었다고 합니다. 사건 현장이 워낙 끔찍한 데다가 큰 증거도 없어서……."

"증거는 직접 눈으로 보기 전까지 속단하면 안 됩니다."

홈즈는 대화에 끼어들어서 말을 중단시켰다.

"왓슨, 자네가 궁금해하는 건 알겠지만 미리 설명을 듣는 건 좋은 버릇이 아니야. 선입견이 생기면 사건 수사에 나쁜 영향을 주는 법이거든."

기차는 어느덧 벌스톤 근처의 기차역에 도착했다. 홈즈와 왓슨, 맥도널드 경감은 벌스톤으로 향했다. 도개교를 지나 벌스톤 요새 안으로 들어가니 존 더글라스의 친구 바커가 반기며 인사를 건넸다.

"어서 오십시오. 저는 더글라스의 친구 바커이고, 이쪽은 더글라스의 부인입니다."

홈즈는 더글라스 부인과 짧게 눈인사를 한 뒤 곧 바커에게 물었다.

"사건 현장은 그대로 보존되어 있겠지요?"

"물론입니다. 하지만 너무나 끔찍해서……."

홈즈 일행은 안내를 받으며 요새 안에 있는 방으로 갔다. 바커의 말대로 사건 현장은 잘 보존되어 있었다.

시신은 큰대 자로 누워 있었다. 잠옷을 걸치고 슬리퍼를 신은 채였다. 무기도 사건 현장에 그대로 있었다. 그것은 총신(총알을 정확히 멀리 보내기 위해 총 앞쪽에 길게 만들어 놓은 관)이 잘린 산탄총이었다.

시신은 얼굴에 총을 맞아서 알아볼 수 없을 정도로 훼손된 상태였다. 군대에서 의무관으로 지내며 꽤 많은 시체를 본 왓슨조차도 너무나 처참한 모습에 오싹함을 느꼈다.

"누가 가장 먼저 사건 현장에 도착했죠?"

"제가 가장 먼저 도착해서 신고했습니다."

바커였다.

"저는 요새 안에서 더글라스와 함께 살고 있었습니다. 뭔가 '쿵' 하는 소리가 들린 것 같아서 재빨리 뛰어갔습니다. 사건이 나고 몇 분 지나지 않은 것 같았는데, 이런 상태였습니다."

"그렇다면 자살이 아닐까요?"

맥도널드 경감이 옆에서 나섰다.

"아닙니다. 이걸 보세요."

바커가 창문을 가리켰다. 그곳에는 피가 묻은 선명한 발자국이 찍혀 있었다.

"누군가 창문으로 나갔군요."

홈즈는 창밖을 바라보았다. 그곳은 바로 해자와 연결되어 있었다.

"이쪽으로 나갔다면 헤엄을 쳐서 건너갔다는 이야기군요."

홈즈가 말했다.

"아마 그랬을 겁니다. 누군가 도개교가 들리기 전에 들어와 이 방에 숨어 있다가 더글라스를 죽인 겁니다. 다른 방법으로는 설명할 수가 없어요."

바커가 주장했다.

맥도널드 경사가 작은 종이를 한 장 들고 왔다.

"이게 시신 머리맡에 떨어져 있었어요."

종이에는 '공포의 계곡에서' 라고 적혀 있었다.

"공포의 계곡이라……. 살인범이 놓고 간 게 틀림없군요. 보통 이런 메시지를 남긴 경우 복수를 했을 가능성이 많지요. 육체적으로는 물론이고 정신적으로도 복수를 했다는 흔적을 남기고 싶은 겁니다."

홈즈가 설명하면서 시신을 자세히 살폈다. 시신의 팔에는 불에 덴 듯한 자국이 있었는데, 자세히 보니 일부러 새긴 것 같았다. 동그라미 안에 삼각형 모양의 자국이 있었다.

"더글라스의 팔에 원래부터 그런 자국이 있었습니다. 저 말고 다른 사람들도 아마 보았을 거예요. 미국에 있을 때 생긴 자국이라고 했습니다."

바커가 실명했다.

"뭔가 없어진 것은 없습니까?"

"없는 것 같습니다."

"결혼반지가 없어졌습니다."

바커의 말이 끝나기 무섭게 뒤에서 다른 목소리가 들려왔다. 이 집의 관리를 맡고 있는 집사였다. 홈즈는 뒤에 서 있는 집사에게 질문을 던졌다.

"반지가 없어졌다고요?"

"예, 주인님은 항상 손에 결혼반지를 끼고 계셨는데 그게 없어졌습니다."

홈즈는 곰곰 생각하더니 바커에게 다시 질문했다.

"아까 뵈었던 더글라스 씨의 부인은 어디에 있습니까?"

"지금 다른 방에 있습니다. 현장이 너무 끔찍해서 이쪽으로는 오지 못하게 했습니다.”

“그렇군요.”

홈즈는 방을 왔다 갔다 하며 벽을 자세히 살펴보았다. 그리고 옆의 탁자 아래에서 아령을 찾았다.

“아령이군요?”

“예, 더글라스는 종종 운동을 했습니다.”

아령은 하나밖에 없었다. 홈즈는 고개를 갸웃하더니 바커를 바라보며 말했다.

“아령을 하나만 가지고 운동하는 경우는 거의 없는데요. 이상하군요. 그나저나 바커 씨의 발 크기는 얼마나 됩니까?”

“280밀리미터 정도 됩니다. 왜 그러시죠?”

“아닙니다. 오늘은 이 정도로 조사를 끝내야 할 것 같습니다. 사건 현장은 정리하셔도 됩니다. 저는 내일 다시 오도록 하지요.”

홈즈는 사건 현장에서 나와 도개교를 건너며 해자에 차 있는 물을 물끄러미 바라보았다.

해자의 비밀

"이 사건은 여자와 관련 있는 게 틀림없어. 범인이 여자일 수도 있지. 산탄총이 무겁기는 하지만 여자가 쏘지 못하란 법은 없으니까."

왓슨이 자신의 추리를 뽐내며 홈즈에게 말했다.

"왜 그렇게 생각하나?"

"이 사건은 이전에 내가 '주홍색 연구'라고 이름 붙인 사건과 매우 흡사하네. 결혼반지에 관련된 것도 그렇고, 메시지를 남긴 것도 그렇고 말일세."

"음, 그렇군. 참고하겠네. 그건 그렇고 자네는 이 안내서 읽어 보았나?"

홈즈는 왓슨에게 벌스톤 요새에 관한 안내서를 보여 주었다.

"아니. 그런 관광 안내서에 난 별로 관심이 없다네."

"독서는 좋은 취미네. 이 안내서에 따르면 벌스톤 요새는 예전부터 유명한 인사들이 숨어 지낸 곳이라고 하더군. 숨기 편하게 비밀스러운 공간도 좀 있는 모양이야."

"난 자네가 이곳에서 독서를 하느니 빨리 도망가고 있는 범인을 잡았으면 하네."

왓슨이 홈즈에게 충고하고 있을 때 맥도널드 경감이 홈즈가 묵고 있는 방으로 들어왔다.

"그건 알아보셨나요?"

"예, 해자는 가장 깊은 곳도 1미터가 넘지 않는다고 하네요. 예전처럼 요새로 사용하지 않으니 물이 깊을 필요가 없었던 모양입니다. 따로 물을 보충하지 않은 것 같아요. 범인이 도망가다가 빠져 죽는 일은 없을 것 같습니다."

"모르는 일이지요."

"그리고 그 산탄총은 미국에서 제조한 것이라고 합니다."

"살인자는 미국에서 왔군. 이마저도 주홍색 연구 사건과 똑같군. 빨리 범인을 추적하도록 하세. 결혼반지를 훔쳐 갔으니 기차역에서 몸을 수색해 반지 가진 자를 찾으면 될 거야."

왓슨이 흥분하며 말했다.

"자네, 흥분을 가라앉히는 게 좋을 것 같네. 섣부른 판단은 금물이야."

왓슨을 진정시킨 홈즈는 맥도널드 경감을 바라보았다.

"혹시 해자의 물을 모두 뺄 수는 없습니까?"

"그건 불가능합니다. 직접 퍼내면 모를까, 물을 뺄 수 있는 구멍은 없습니다."

"잘 알겠습니다. 그러면 저는 사건 현장을 조금 더 조사하도록 하겠습니다."

"그러는 사이에 범인은 더 멀리 도망가고 있단 말일세. 빨리 기차역으로 가야 하네."

왓슨은 계속 기차역으로 가야 한다고 말했다.

"그렇다면 자네가 맥도널드 경감과 함께 가 보도록 하게. 난 할 일이 있어서 말이야. 그건 그렇고 자네 혹시 우산 가지고 왔나?"

왓슨은 비올 때를 대비해 마침 우산을 들고 왔다. 손잡이가 동그랗게 말린 긴 우산이었다.

"오, 그거면 충분하겠어. 오늘 나 좀 빌려 주게나."

"비도 오지 않는데 우산은 무엇에 쓰려고 그러나?"

"우산에는 비를 피할 용도만 있는 게 아닐세. 어쨌든 이따 보세나."

홈즈는 우산을 들고 벌스톤 요새 쪽으로 유유히 사라졌다.

왓슨은 여유를 부리는 홈즈가 마음에 들지 않았다. 범인을 잡는 것이 먼저인 것 같은데, 다시 조사를 하겠다고 돌아갔으니 말이다. 그렇다고 혼자 범인을 체포하러 다닐 수도 없었다.

답답한 마음에 왓슨은 산책을 하러 밖으로 나갔다. 벌스톤 요새 뒤쪽으로 사람이 다니지 않을 듯한 한적한 길이 있었다.

왓슨은 그 길이 마음에 들어 심호흡을 하며 걸었다. 걷다 보니 멀리 앞쪽에 있는 벤치에 두 사람이 앉아 있는 것이 보였다. 자세히 보니 바커와 어제 잠깐 인사를 나누었던 더글라스의 부인이 틀림없었다. 왓슨은 황급히 몸을 숨겼다. 뭔가 비밀 이야기를 나누는 것이 분명해 보였다.

왓슨은 최대한 몸을 숙이며 다가갔으나 둘이 무슨 이야기를 나누는지는 알 수 없었다. 그러나 표정만은 분명히 볼 수 있었는데, 두 명 모두 그리 슬퍼하는 것 같지 않았다. 게다가 이따금 미소까지 띠며 이야기하는 것이 하루 전에 친구를, 그리고 남편을 잃은 사람이라면 절대로 지을 수 없는 표정이었다.

왓슨은 죽은 더글라스가 불쌍해서 화가 났다. 빨리 돌아가서 홈즈에게 이 사실을 알리고 싶었다.

저녁이 되어 홈즈가 돌아오자 왓슨은 몹시 흥분하며 말했다.

"자네가 없는 동안 내가 사건의 전말을 모두 알아냈네. 이 모든 것은 더글라스의 부인과 그의 친구 바커가 짜고 벌인 일일세. 오늘 산책하다가 둘이 비밀스럽게 이야기하는 모습을 보았네."

홈즈는 크게 놀라지 않고 고개만 끄덕였다.

"혹시 둘이서 무슨 이야기를 하는지 들었나?"

"아니, 그건 듣지 못했시만 두 명의 표징민으로도 충분히 알 수 있었다네. 바커와 더글라스의 부인이 어떤 관계인지는 모르겠지만 용서받지 못할 것이네."

왓슨은 정말 화가 났는지 얼굴이 붉어지고 손까지 부들부들 떨었다.

"어쨌든 맥도널드 경감이 필요할 것 같군."

홈즈는 사람을 보내서 맥도널드 경감을 불러오게 했다.

"무슨 일입니까?"

맥도널드 경감은 부리나케 달려온 듯 숨을 몹시 헐떡거렸다. 늦은 시간이긴 했지만 홈즈가 부른다는 것은 뭔가 증거를 발견했다는 뜻이었기 때문이다.

경감이 도착하자 홈즈는 말했다.

"경감님, 내일 날이 밝으면 경찰의 공식 입장이라면서 다음과 같이 알려 주시면 고맙겠습니다. '새벽 4시에 해자의 물을 모두 빼는 작업을 할 것이다.' 라고 말이죠."

"해자의 물을 뺄 수는 없다고 하지 않았습니까?"

"그건 상관없습니다. 그저 빼겠다고 알려 주시기만 하면 됩니다."

왓슨이 참다 못해 말했다.

"이보게 홈즈, 도대체 이게 다 무슨 일인가? 내가 추리한 것과는 전혀 다르지 않은가?"

"왓슨, 자네의 추리도 매우 훌륭하고 증거도 잘 모았네. 하지만 난 조금 더 확실한 증거를 가지고 있다네. 내일모레 새벽 4시가 되기 전에 모든 게 밝혀질 걸세. 조금만 기다리면 범인의 입으로 밝히는 진실을 모두 듣게 될 거야."

왓슨은 화가 났는지 문을 세차게 닫으며 자기 방으로 들어갔다.

마침내 열린 진실의 방

　사방은 어두웠다. 시간은 이미 새벽 4시를 향해 가고 있었다. 요새도 쥐 한 마리 움직이지 않는 듯 고요함에 빠져 있었다. 하지만 단 한 곳만은 조금 달랐다.

　시커먼 그림자 하나가 요새의 복도를 살금살금 가로질러 가고 있었다. 그림자는 곧 더글라스의 시체가 발견된 방으로 향했다. 조심스레 문을 연 그림자는 창문 쪽으로 발을 옮겼다. 사방이 어두웠기에 발걸음이 느릴 수밖에 없었다. 창문에 거의 다다랐을 때 등잔에 불이 켜졌다.

　그림자의 주인공은 깜짝 놀라 뒤를 돌아보았다. 이미 방 안에는 홈즈와 왓슨, 맥도널드 경감이 기다리고 있었다.

"바커 씨, 어서 오십시오. 기다리고 있었습니다."

홈즈가 조용히 말했다.

"이것 보게. 내 말이 맞지 않나. 이 모든 게 바커와 더글라스의 부인이 저지른 일이라고 말하지 않았나!"

왓슨이 조금 큰 목소리로 말했다.

"나는 그저 순찰을 돈 것뿐이오!"

바커가 소리쳤다.

"바커 씨의 신발에 핏자국이 있군요."

홈즈가 바커의 신발을 가리키며 말했다.

"당연하지요. 더글라스의 시체를 발견했을 때 이 신발을 신고 있었으니까요. 그러니 피가 묻어 있을 수밖에요."

바커가 소리쳤다. 하지만 홈즈는 당황하지 않고 침착하게 말했다.

"바커 씨, 신발을 잠시 빌려 주시겠습니까?"

바커는 당황한 듯 사방을 둘러보았지만, 어쩔 수 없다는 듯 이내 신발을 벗어 주었다. 홈즈는 바커의 신발을 받아서 창가로 가더니 창틀에 남아 있는 범인의 발자국 위에 겹쳐 보았다. 발자국과 신발은 정확히 일치했다.

"만약 내가 범인이라면 다시 돌아와서 신고할 필요가 뭐가 있었겠습니까?"

바커는 억울하다는 듯 말했다.

"범인이 필요했기 때문이겠죠. 그건 그렇고 아직 새벽 4시가 되지 않았는데 이 방에 온 이유가 무엇입니까?"

홈즈가 다시 한 번 따져 묻자 바커가 소리쳤다.

"순찰 때문이라고 말했잖소."

홈즈는 의자 밑에서 꾸러미 하나를 들어 보였다.

"혹시 이 물건 때문은 아닌가요? 해자의 물을 모두 **뺀**다고 하니 이 물건이 생각난 거겠죠. 이 방에서 창밖으로 물 빼는 모습을 지켜보려 한 건가요? 하지만 그런다고 달라질 것은 없습니다."

바커는 꾸러미를 보자 아무 말도 하지 않았다. 홈즈는 꾸러미를 풀었다. 안에서 긴 코트와 옷가지들이 나왔고 사라진 아령도 함께 나왔다.

"이보게, 왓슨. 아령일세. 아령은 두 개여야만 하네. 운동을 해본 사람이라면 그 정도는 상식이지. 그런데 아령이 하나만 있다는 게 영 이상했거든. 사라진 게 반지만은 아니었던 거야. 가장 평범한 게 없어졌다면 그게 가장 이상한 일이지. 반지나 돈이 없어진 것은 강도 사건에서 흔하게 일어나는 일일세. 그런데 아령이 없어진 것은 정말 이상한 일이지 않나? 물에 가라앉는 무거운

물건이 필요했을 거네. 해자에 급히 무언가를 가라앉힐 필요가
있었던 거지."

"그렇군. 그런데 그 꾸러미는 어떻게 찾았나?"

"자네 우산이 안성맞춤이더군. 내가 말하지 않았나. 우산은 비
를 피하는 데만 쓰는 게 아니라고 말일세. 거꾸로 들고 구부러진
손잡이로 해자 바닥을 몇 번 휘저었더니 뭔가 걸렸네. 급하게 숨
기려다 방에 난 창문 바로 앞에 떨어뜨렸을 거란 내 예상이 맞은
거지."

바커는 아무 말도 하지 않았다. 더 이상 말을 하지 않기로 작
정한 모양이었다.

"그런데 그 꾸러미는 도대체 뭔가? 옷가지인 것 같기는 하네
만……, 왜 그리 급히 숨겨야 했을까?"

왓슨의 물음에 홈즈는 대답 대신 미소만 지었다. 그러더니 큰
소리로 외쳤다.

"더글라스 씨! 친구가 이렇게 어려움에 빠졌는데 나오지 않을
겁니까? 더글라스 씨!"

잠시 정적이 흘렀다. 그리고 얼마 지나지 않아 '끼익' 하는 소
리와 함께 벽이 열렸다. 방 안에 비밀 문이 있었던 것이다.

그곳에는 존 더글라스가 서 있었다.

"아니! 더글라스 씨는 분명히 죽었지 않나."

왓슨과 맥도널드 경사는 당황해서 소리쳤다.

"여러분, 더글라스 씨를 소개합니다. 다들 궁금해하고 있으니 자기소개를 좀 해 주시지요."

홈즈가 말하자 잠옷 차림의 사내는 엷은 미소를 띠며 말했다.

"처음 뵙겠습니다. 존 더글라스입니다."

다들 입을 벌린 채 아무 말도 하지 못하고 있는 가운데 홈즈가 먼저 입을 열었다.

"더글라스 씨, 여기 계신 분들의 궁금증을 풀어 드릴 필요가 있을 듯합니다. 직접 사건에 대해 이야기해 주실 수 있나요?"

더글라스는 천천히 고개를 끄덕이더니 의자에 앉았다.

"그렇게 하지요. 전 미국에서 탐정으로 일했던 사람입니다. 물론 지금과는 다른 이름을 사용했지요. 당시 전 '공포의 계곡'이라고 불리는 곳에서 아주 큰 범죄 조직과 상대하였습니다. 그때 원한을 품은 사람이 몇 년 전부터 저를 노리고 있었고요."

"그래서 영국으로 오신 거군요."

"예, 더글라스로 이름을 바꾸고 영국으로 건너와 이 요새에서 살고 있었습니다. 그런데 며칠 전 이 방에 자객이 숨어든 것입니다. 커튼 뒤에 숨어 있다가 제가 이 방에 들어오자 총신을 자른

산탄총을 꺼내 들더군요. 난 반사적으로 총을 잡았습니다. 서로 총을 빼앗으려고 엎치락뒤치락하며 몸싸움을 벌였죠. 그런데 그만 총이 발사되었고, 신께서 저를 보호하셨는지 총알은 그 녀석의 얼굴을 날려 버렸습니다."

"운이 아주 좋으셨습니다."

홈즈가 고개를 끄덕이며 말했다.

"전 당황했습니다. 그런데 그 소리를 듣고 제 친구인 바커가 달려왔습니다. 저희 둘이 어찌해야 할지 고민하는데, 이 녀석의 팔이 눈에 들어왔습니다. 저와 똑같은 상처가 있었던 겁니다."

더글라스는 팔을 앞으로 내보였다. 팔에는 원 안에 삼각형이 들어 있는 상처가 있었다. 불에 덴 듯한 상처였다.

"순간 저희 둘은 결심했습니다. 제가 죽은 것으로 꾸미자고 말입니다. 그래서 제 옷을 시체에 갈아입히고, 녀석의 옷가지는 싸서 해자에 던졌습니다. 물에 뜨지 않게 하려고 아령을 그 안에 넣었죠. 바커는 범인이 도망간 것처럼 보이게 하려고 신발 자국을 남겼습니다. 그리고 전 녀석의 품 안에 있던 쪽지를 머리맡에 두고 이 요새에 있는 비밀의 방으로 숨었습니다."

"안내 책자에서 비밀의 방에 대한 이야기를 보았죠."

홈즈가 왓슨을 돌아보며 말했다. 안내 책자를 읽어 보라고 했는데 왜 말을 듣지 않았느냐며 눈치를 주는 것 같았다. 왓슨은 슬쩍 그 눈길을 피했다.

"제가 죽었다고 소문이 나서, 더 이상 범죄 조직이 뒤쫓지 않을 때까지 숨어 있을 작정이었습니다. 그런데 미처 결혼반지를 빼서 녀석의 손가락에 끼워 둘 생각까지는 하지 못했습니다. 어쩌면 빼기 싫었는지도 모르겠습니다."

홈즈는 맥도널드 경감을 바라보았다.

"이제 더글라스 씨는 어떻게 되지요? 영국 법으로 보호해 줄 수 있는 겁니까?"

경감은 갑작스러운 질문에 조금 당황해서 말을 더듬었다.

"아……아마 가능할 겁니다. 그전에 조사를 좀 해야겠지만 말입니다."

"맥도널드 경감이 조금 더 쉽게 결심을 할 수 있도록 미국에서 어떤 일이 있었는지 얘기해 주실 수 있습니까?"

더글라스는 결심한 듯 주위를 한번 둘러보았다. 그러더니 입을 열었다.

"아마도 긴 이야기가 될 테니, 다들 차라도 한잔하시지요."

더글라스의 이야기

한 젊은이가 있었습니다. 눈빛이 아주 날카로운 젊은이였죠. 새로운 직업을 구하려고 탄광 지대로 가는 기차에 몸을 실었습니다.

"어디로 가는 길이오?"

젊은이 앞에 앉은 남자가 말을 붙였습니다.

"탄광 지대로 일자리를 찾으러 갑니다. 혹시 소개해 주실 곳이 있습니까?"

"탄광 지대라면 '공포의 계곡'으로 불리는 그곳 말이오? 나 같으면 가지 않을 거요. 거긴 대자유인단이 꽉 잡고 있는 곳이란 말이오."

젊은이는 그 말을 듣고 미소를 지었습니다.

"대자유인단이라, 다행이군요. 저도 대자유인단 소속이니 그곳에 가면 쉽게 일자리를 얻을 수 있겠군요."

대자유인단이란 미국 전역에서 활동하는 친목 단체입니다. 그런데 공포의 계곡에서는 일반 친목 단체가 아닌 범죄 조직이 되어 있었습니다.

앞에 앉아 있던 손님이 걱정된다는 듯 말했습니다.

"젊은이, 그곳의 대자유인단은 다른 곳과 다르오. 어쨌든 가서 그곳 단장인 맥긴티를 찾아가 보시오. 그의 눈에 들지 않으면 아마 힘들 거요."

하지만 젊은이는 전혀 흔들리지 않았습니다. 주저하지 않고 탄광 지대로 가 대자유인단 단장이라는 맥긴티를 찾아갔습니다.

"맥긴티 씨인가요? 난 잭이라고 합니다. 이곳에서는 당신 말을 잘 들어야 한다고 해서 이렇게 찾아왔습니다."

맥긴티는 당돌한 젊은이에게 화를 냈습니다.

"이 녀석, 이곳은 아무나 오는 곳이 아니야. 썩 꺼져."

"후회하실 겁니다."

맥긴티 앞에서 그런 식으로 말하는 사람은 없었습니다. 맥긴티는 화가 나서 권총을 꺼내 들었습니다.

"도대체 무슨 재주를 가졌길래 이렇게 건방을 떠는 거야? 네 녀석쯤 쥐도 새도 모르게 없앨 수 있어!"

"전 굉장히 빠릅니다. 후회하지 않을 겁니다."

"그걸 어떻게 증명할 수 있지?"

"아마 그걸 증명하면 단장님이 곤란해질 텐데요."

맥긴티는 배에 이상한 느낌이 들어 아래를 내려다보았습니다. 어느새 잭의 권총이 맥킨티의 배에 닿아 있었던 겁니다. 맥긴티는 이렇게 당돌한 젊은이가 마음에 들었습니다.

"하하하! 배짱이 아주 두둑한 녀석이군. 그러나 우리 조직에 들어오는 건 나 혼자 결정할 수 있는 일이 아니야. 내일 입단식을 거쳐야 우리 조직에 들어올 수 있어."

잭이란 젊은이는 어떤 입단식을 거쳐야 하는지 몰랐습니다. 잭은 다음 날, 입단식 장소로 나갔습니다. 외딴곳에 있는 창고였습니다. 지금은 사용하지 않는 석탄 창고인 듯했습니다.

"자, 지금부터 입단식을 시작한다."

대자유인단이 모여서 떠들썩하게 소리를 지르고 있었습니다. 잭은 기분이 썩 유쾌하지 않았습니다. 어떤 일이 있어날지 알 수 없었기 때문입니다.

그때 서른 살쯤 되어 보이는 남자가 빨갛게 달군 쇳덩이를 하나 가지고 왔습니다. 쇳덩이에는 동그라미 안에 삼각형 모양이 새겨져 있었습니다.

잭은 그제야 입단식이 무엇인지 알게 되었습니다. 하지만 이왕 이렇게 된 것 끝까지 해 보자고 생각했습니다. 남자는 쇳덩이를 잭의 팔에 갖다 댔습니다. 잭은 고통스러웠지만 끝까지 참았습니다. 오히려 호기를 부려서 소리를 치기까지 했습니다.

"겨우 이 정도도 못 버티는 남자가 있습니까? 하하하!"

맥긴티는 잭처럼 입단식을 잘해 낸 사람을 본 적이 없었습니다. 잭은 단번에 맥긴티가 가장 믿는 부하가 되었습니다.

공포의 계곡에서 대자유인단은 그야말로 두려움의 대상이었습니다. 탄광에서 나는 수익금을 빼돌렸고, 말을 듣지 않을 때 총을 쏴 대는 건 예사였습니다.

경찰에 신고를 하더라도 대자유인단은 서로가 증인이 되어 주며 증거를 없앴습니다. 또 몇몇 경찰은 뇌물을 받은 듯도 했습니다. 공포의 계곡에서는 대자유인단의 말이 곧 법이었습니다.

"오늘 탄광 현장 감독을 손봐야겠다."

맥긴티가 부하들을 불러 놓고 말했습니다.

"현장 감독이 우리 말을 듣지 않고 자기 마음대로 광부를 고용하고 있다. 광부도 우리가 소개한 사람만 고용하게 하는 것이 우리의 법이다."

맥긴티는 광부 고용마저 자기 마음대로 하려고 했습니다.

"누가 이 일을 해 볼 텐가?"

맥긴티가 주위를 둘러보았습니다. 한 사람이 손을 번쩍 들었습니다.

"제가 본때를 보여 주죠."

잭이었습니다.

"잭, 역시 자네로군. 그런데 함부로 총을 쏘다가 잡혀갈 수도 있네. 그래도 할 텐가?"

"총이라고요? 시시하군요. 다시는 누구도 우리 말을 거절하지 못하게 집을 통째로 날려 버리겠습니다. 가족이 당하는 것을 보면 누구라도 겁을 먹겠지요."

"자네 생각보다 아주 잔인하군그래. 역시 잭이야. 이 일은 자네에게 맡기겠네."

맥긴티는 잭에게 일을 맡겼습니다.

잭은 부하 몇 명과 함께 현장 감독의 집으로 찾아갔습니다. 그러고는 아무렇지도 않게 현관에 폭탄을 설치했습니다.

멀리 떨어져서 폭파 단추를 누르자 집은 산산조각이 났습니다. 이 일에 대한 소문이 널리 퍼졌습니다. 맥긴티보다 더 잔인

한 게 잭이라는 이야기가 마을에 떠돌기 시작했습니다. 이제 잭은 대자유인단의 얼굴이나 다름없었습니다. 다들 잭과 눈도 마주치지 않으려 했습니다.

어느 날 잭은 시카고에서 전보 한 통을 받았습니다. 이전에 잘 알고 지내던 지인이 보낸 것이었습니다. 전보를 받아 든 잭은 즉시 맥긴티를 찾아갔습니다.

"이것 좀 보십시오. 큰일 났습니다."

"무슨 일이데 그래?"

"시카고에 제가 잘 아는 사람이 있는데, 전보를 보내 왔습니다. 탐정 핀커튼이 이 지역을 조사하러 온다고 합니다. 핀커튼은 아주 집요하기로 유명한 탐정입니다."

맥긴티도 핀커튼에 대해서는 익히 들어서 잘 알고 있었습니다. 매우 집요한 데다가 증거를 철저하게 수집하기 때문에 어떤 범죄 집단도 핀커튼에게 걸리면 남아나지 않는다는 소문이 자자했습니다. 그 핀커튼이 공포의 계곡 쪽에 초점을 맞춘 것입니다.

"잭, 어떻게 했으면 좋겠나? 이곳 경찰은 별문제가 안 되는데 핀커튼이 온다면 문제가 좀 달라질 걸세."

잭은 곰곰이 생각했습니다.

"아무리 핀커튼이라도 증거가 없으면 아무것도 할 수 없을 겁니다. 우리 단원들에게 입조심하라고 하고 잠시 다른 곳으로 피해 있는 게 좋을 것 같습니다. 마을 사람들은 겁에 질려서 아무것도 말하지 못할 겁니다."

"그렇군. 그렇게 하는 게 좋겠어."

맥긴티는 맞장구를 쳤습니다.

"단장님이 가지고 있는 장부도 눈에 띄지 않는 곳에 숨겨야 합니다. 그 장부에 우리 조직의 활동이 모두 기록되어 있으니 핀커튼의 손에 들어가면 우리는 완전히 끝장납니다."

"그렇지. 모두 불태워야겠군."

"하지만 장부를 불태워 버리면, 핀커튼이 돌아갔을 때 우리 재산을 파악할 수가 없습니다. 그러면 큰 손해 아닙니까? 일단 제가 장부를 갖고 멀리 도망가 있겠습니다. 핀커튼은 장부를 단장님이 가지고 있는 줄 알기 때문에 저까지 추적하지는 않을 겁니다."

맥긴티는 고개를 끄덕였습니다.

"옳은 말이야. 자네라면 믿을 수 있지."

맥긴티는 방 한쪽 구석에 숨겨 놓은 비밀 금고를 열고 장부를 꺼내 주었습니다. 잭은 장부를 천천히 살펴보았습니다.

"자, 어서 가 보게. 두 달 후에 여기서 다시 만나세."

맥긴티가 말했습니다. 잭은 천천히 고개를 들더니 권총을 빼들었습니다.

　"자! 이제 법의 심판을 받아라. 내가 바로 핀커튼이다! 지금까지 이 장부를 손에 넣기 위해 더러운 짓도 마다하지 않았다. 네 녀석과 일당들 모두 평생을 감옥에서 보내게 될 것이다."

　맥긴티는 놀라움과 분노로 얼굴이 빨갛게 달아올랐습니다. 그러더니 눈이 핏빛으로 변해서 소리 질렀습니다.

　"내가 이 복수는 반드시 하고 말 테다. 내가 죽어서라도 말이야!"

　핀커튼은 그 말이 결코 허풍이 아니란 걸 알고 있었습니다.

정의를 위해 싸운 대가

"더글라스 씨가 바로 핀커튼이었군요."

홈즈가 더글라스에게 말했다.

"그렇습니다. 맥긴티는 살인을 비롯한 여러 악랄한 범죄에 관련되었기에 종신형(평생 교도소에서 나올 수 없는 벌)을 선고받았습니다. 다만 부하 몇 명은 수감을 마치고 몇 년 전에 석방되었습니다."

"그래서 은퇴하고 영국으로 오신 거군요."

"은퇴는 이전부터 생각하고 있었습니다. 아무리 정의를 실현하기 위해 그랬다고는 하지만 맥긴티 밑에서 나쁜 일을 많이 한게 마음에 걸렸습니다. 물론 집을 폭파시킬 때는 현장 소장을 미리 대피시켜 두긴 했습니다. 그럼에도 그동안 저 역시 그들의 일을 도운 건 분명하니까요."

홈즈는 맥도널드 경감을 바라보았다.

"경감님, 정의를 위해 싸운 대가를 어떻게 치러야 할 것 같습니까?"

맥도널드 경감은 수첩에 뭔가를 적더니 자리에서 일어났다.

"제가 영국을 대표해서 해 드릴 수 있는 것은 아무것도 없습니다. 전 있는 그대로 보고할 것입니다. 나머지는 법정에서 밝혀질 것입니다. 미국에서 일어났던 일까지 모두 말할 예정입니다."

더글라스는 실망한 표정을 지었다. 언제 다시 맥긴티의 부하가 복수를 하러 올지 몰랐기 때문이었다. 더글라스는 결혼반지만 만지작거렸다.

"벌써 날이 밝아 오고 있군요."

맥도널드 경감은 밖을 내다보았다. 그러더니 말을 이었다.

"전 아주 정확한 사람입니다. 아무리 더글라스 씨가 곤란한 상황이라고 해도 거짓 보고를 할 수는 없습니다. 보고서에 분명하게 적어 넣을 것입니다. 이 요새에서 죽은 사람은 핀커튼이라는 미국 탐정이라고 말입니다."

홈즈는 그제야 얼굴에 미소를 지었다.

홈즈의 미소를 본 맥도널드 경감은 한마디 덧붙였다.

"더글라스 씨는 이제 이곳에 계실 필요 없습니다. 관계자 외에는 나가 주시기 바랍니다."

더글라스뿐만 아니라 홈즈와 왓슨도 함께 자리에서 일어났다.

"그러면 저도 이제 핀커튼 사망 사건과는 관계가 없으니 런던으로 돌아가겠습니다. 맥도널드 경감님이 잘 마무리해 주시기 바랍니다."

"그러지요."

홈즈는 맥도널드 경감과 악수를 나누고 방을 나섰다. 멀리서 더글라스가 아내와 포옹하는 모습이 보였다.

홈즈와 왓슨은 런던행 기차를 탔다.

"이보게 홈즈, 정의를 지킨 대가치고는 더글라스 씨가 너무 불쌍하지 않은가? 앞으로도 신분을 계속 숨기고 살아가야 할 테니 말일세."

"글쎄, 정의라는 것 자체가 어떤 대가를 바라고 지키는 건 아니지 않은가. 더글라스 씨도 마찬가지였을 걸세."

홈즈는 그렇게 말하고 피곤한지 눈을 감았다.

앞으로도 사건은 계속 일어날 것이고, 홈즈와 왓슨은 정의의 편에 설 것이다. 비록 그 과정이 아무리 고단하더라도 말이다.

입술 삐뚤어진 사내

언제나 사건을 하나 해결하고 나면 왓슨과 홈즈는 차를 한 잔 앞에 두고 그에 대한 대화를 나누었다. 왓슨은 이렇게 이야기한 내용을 정리해서 언젠가 책을 출간해야겠다고 생각했다.

"갑자기 다른 사람의 인생을 산다는 것은 어떤 느낌일까?"

왓슨이 말을 꺼냈다.

"더글라스 씨 이야기군."

"그래. 마치 자기에게 맞지 않는 옷을 입고 다니는 느낌 아닐까? 불편하기는 한데 벗을 수는 없는 그런 기분 말일세."

왓슨의 말에 홈즈는 대꾸 없이 차를 한 모금 마셨다.

"오늘 차는 조금 특별한 맛이 나는군. 한 종류의 찻잎이 아니라 두 종류의 찻잎이 섞인 것인가? 매우 독특한 향이 나는군."

왓슨도 홈즈를 따라 차를 한 모금 마셨다.

"자네가 말하니까 그런 것 같기도 하군. 자네는 맛에도 그렇게 민감한가?"

"인간의 모든 감각은 도움이 된다네. 시각, 촉각, 후각, 미각, 청각. 어느 하나도 빼놓을 수 없지. 사람은 이 차처럼 여러 가지 맛이 섞여서 더 좋은 맛을 내기도 하고, 자기 입맛에 딱 맞는 차를 찾기도 하지. 때로는 남의 인생을 살아 보듯이 말이야."

"또 다른 이야기가 생각난 모양이군. 어서 이야기해 보게 홈즈."

"이번 이야기는 다른 사람의 인생을 부러워한 사람의 이야기네, 왓슨. 내가 아마도 열두 살쯤 되었을 때의 일이네. 우리 집 바로 건너편에는 세인트클레어라는 부인이 있었지……."

* * *

세인트클레어 부인은 남편인 네빌이 출근하는 모습을 지켜보았다. 네빌은 아침에 출근해서 저녁에 퇴근했고, 매월 많은 월급을 가져다주었기에 세인트클레어 부인은 남편에게 아무런 불만이 없었다.

세인트클레어 부인은 남편이 몇몇 회사에 경영을 하는 법을 알려 주는 일을 한다고만 알고 있었고, 정확히 무슨 일을 하는지는 알지 못했다.

남편이 출근한 후 세인트클레어 부인은 기다리고 있던 화물이 선박회사에 도착했다는 소식을 듣고 물건을 찾으러 외출을 했다.

날이 더워서 세인트클레어 부인은 마차를 잡으려고 주위를 두리번거리다가 한 건물 2층에 있는 사내와 눈이 마주쳤다. 그 사람은 다름 아닌 남편 네빌이었다. 아침에 출근한 사람이 엉뚱한 건물에 있었던 것이다.

남편은 세인트클레어 부인을 보더니 겁에 질린 듯한 표정이 되었다. 그러고는 손을 흔들다가 창문 안쪽으로 사라져 버렸다.

"여보!"

세인트클레어 부인은 직감적으로 남편에게 뭔가 안 좋은 일이 생겼다는 것을 알았다. 부인은 재빨리 그 건물로 올라가려 했지만, 아주 덩치가 큰 인도인 한 명이 부인이 올라가지 못하도록 막았다. 혼자 힘으로 건물을 올라가는 건 불가능하다고 여긴 부인은 지나가던 경찰을 불렀다.

"여기 남편이 있는데, 이 사람이 못 올라가게 해요."

경찰이 오자 인도인은 도망가 버렸다. 부인은 힘든 것도 모르

고 2층까지 뛰어올라갔다. 그러나 건물에 남편은 없었다. 그곳
에는 입술이 삐뚤어지고 지저분한 거지 한 명이 있을 뿐이었다.

"내 남편을 어떻게 했어?"

부인은 거지를 닦달했지만 거지는 아무 말도 하지 않았다. 아
마도 말을 못하는 것 같았다.

경찰은 할 수 없이 거지를 체포해서 경찰서로 데리고 왔다.

"어이, 홈즈. 오늘도 놀러 온 거냐?"

소년 홈즈는 경찰서에 놀러 오는 게 재미있었다. 가끔 험악한
사람들을 만날 때는 무섭기도 했지만, 사람들 이야기를 듣는 것
이 좋았다.

경찰은 거지를 가두고 나서 세인트클레어 부인에게 오늘 있었
던 일을 물어보았다. 세인트클레어 부인은 경찰에게 지금까지의
일을 상세히 말했다.

홈즈도 옆에서 그 이야기를 다 들을 수 있었다.

"남편을 찾아 주세요. 뭔가 큰일이 난 게 틀림없어요. 아침에
멀쩡하게 출근한 사람이 거기에 있었다니, 납치된 게 틀림없어
요. 나를 보고 손짓을 한 것은 위험을 알려 주려 한 거예요."

"깜짝 놀라서 그런 것일 수도 있죠. 사람은 뭔가를 보고 놀라

면 자기도 모르게 손을 흔들기도 하거든요."

홈즈가 끼어들자, 세인트클레어 부인은 소리쳤다.

"넌 빠져 있어라. 난 지금 경찰하고 이야기하는 중이잖니!"

홈즈는 옆에서 조용히, 그러나 세인트클레어 부인의 이야기를 전부 들었다.

그때 조사를 하러 나갔던 다른 경찰이 옷을 몇 벌 가지고 왔다.

세인트클레어 부인은 그 옷을 보고 외쳤다.

"남편 옷이 틀림없어요. 오늘 입고 나갔던 옷이에요. 흑흑, 옷도 전부 빼앗기고 어디에 가 있을까요?"

끝내 세인트클레어 부인은 울음을 터트리고 말았다.

옷을 가져온 경찰은 말했다.

"바지와 셔츠는 모두 그 건물 2층 커튼 뒤에 숨겨져 있었습니다. 이 외투만 빼고요. 외투는 건물 뒤 부두에서 찾았습니다. 물 위에 외투만 둥둥 떠 있더군요. 주머니에는 이런 동전만 가득했습니다."

경찰은 동전을 한 움큼 보여 줬다.

사건을 담당한 경찰이 나름대로 추리를 했다.

"세인트클레어 부인, 아무래도 남편은 큰일을 당하신 것 같습니다. 아마 창문 밖으로 던져졌는데 외투가 벗겨진 것 같습니다.

저희가 빨리 물속을 수색해 보도록 하겠습니다."

경찰은 다른 동료들에게 손짓해서 부두로 나가 보라고 말했다.

"셔츠와 바지는 방에 두고, 외투만 입혀서 던진다고요? 뭔가 말이 안 되는 것 같은데요."

앳된 얼굴의 홈즈가 말했다.

"그러면 어떻게 된 것이란 말이냐? 더 나은 추리가 있다면 말해 보거라."

경찰은 조금 화를 내면서 홈즈에게 말했다.

그러나 경찰서에 놀러 온 홈즈가 간혹 놀라운 추리로 사건을 해결하는 데 도움을 준 적이 많았기 때문에 쫓아내지는 않았다.

"글쎄요, 아직 확실하지는 않아서……. 잡혀 온 거지를 만나게 해 준다면 좀 더 확실히 말씀드릴 수 있을 것 같은데요."

"아무 소용이 없다. 말을 전혀 하지 못해서 우리도 아무 대답도 들을 수 없었다. 다리도 저는 모양이라서 혼자 네빌 씨를 창문 밖으로 던질 힘이 있는 것도 아닌 것 같고 말이야. 냄새는 얼마나 지독한지, 씻고 오라고 했는데도 얼굴을 씻지 않고 손만 닦고 온단다. 상상도 할 수 없을 거야."

"제가 만나 봐도 될까요?"

"아무 소용없을 거야. 어린애라고 봐줄 녀석도 아니니까 조심

해야 한다."

"네, 그러죠. 세인트클레어 부인, 혹시 괜찮으시다면 저와 함
께 가시겠어요?"

홈즈는 눈물을 닦고 있는 세인트클레어 부인에게 물어보았다.
부인은 대답을 하지 않았다.

"부인, 남편을 바로 찾을 수도 있어요. 지금 가신다면 말이죠."

홈즈는 부인을 설득했다. 남편을 찾을 수 있다는 말에 부인은
할 수 없이 일어섰다.

"부인, 죄송하지만 잠시만 기다려 주세요."

홈즈는 뭔가 물건을 챙기더니 화장실을 다녀왔다.

"가시죠."

홈즈와 부인 그리고 경찰은 거지가 갇혀 있는 유치장으로 갔
다. 거지는 벽을 향한 채 누워 있었다. 잠이 든 것 같기도 했다.
입술이 삐뚤어진 얼굴 표정은 변함이 없었다.

"이분은 세수가 필요할 것 같군요."

홈즈가 챙겨 온 것은 물에 적신 수건이었다.

"너도 참 이상한 녀석이구나."

경찰은 웃으며 말했다.

홈즈는 살금살금 다가가더니 물수건으로 거지의 얼굴을 닦았

다. 놀란 거지는 잠에서 깨서 벌떡 일어났지만 더 놀란 것은 경찰과 세인트클레어 부인이었다.

홈즈가 수건으로 닦은 자리에 껍질이 벗겨지듯이 다른 피부가 드러났다. 나무껍질 같고 지저분하던 피부가 아니라 매끈한 피부였다. 삐뚤어진 입술도 어느새 제자리를 찾았다.

"세인트클레어 부인, 네빌 씨입니다."

홈즈기 기지를 가리켰다.

"맙소사."

세인트클레어 부인과 경찰은 동시에 소리쳤다.

"여보, 이게 어떻게 된 일이에요?"

얼굴이 드러난 네빌은 머리를 감싸 쥐었다.

"부끄러워서 그랬소. 아이들에게 이런 아빠를 들키고 싶지 않았소. 그래서 감옥을 가더라도 끝까지 버티려고 했는데……."

홈즈는 경찰을 빤히 쳐다보았다. 경찰은 무슨 뜻인지 알겠다는 듯이 홈즈를 보고 고개를 끄덕였다.

"네빌 씨, 실종된 사람도 없고, 네빌 씨는 감옥에 가지도 않을 것이고, 아이들에게 알리지도 않을 것입니다. 다만 우리의 궁금증은 풀어 주시기 바랍니다. 이 모든 것이 어떻게 된 일입니까?"

네빌은 눈을 감고 생각에 잠기더니 입을 열었다.

"예. 모든 것을 말씀드려야 할 것 같군요. 젊은 시절에 난 잡지 사에서 기자로 일한 적이 있습니다. 직접 거지가 되어서 체험 기 사를 쓰기로 했죠. 연극을 하는 사람에게 배운 분장을 하고 금융 가 쪽에 앉아서 구걸을 하기 시작했습니다. 단속을 피해 다니면 서도 생각보다 많은 돈을 구걸할 수 있었습니다. 기자의 하루 일 당보다 훨씬 많은 돈이었습니다."

"그러면 그때부터 계속 거지로 분장하고 살아온 건가요?"

경찰이 물어보았다.

"아니, 그렇지 않습니다. 기사를 쓰고 나서는 그 일을 잊고 살 았습니다. 하지만 친구에게 돈을 잘못 빌려 주는 바람에 큰돈을 물어내야 할 일이 생겼습니다. 갑자기 큰돈을 구하려니 하늘이 막막했습니다. 그때 떠올리지 말아야 했을 생각을 떠올렸습니 다. 낮에 기자 생활을 하고 밤에 거지 생활을 하는 것이었죠. 밤 만 되면 거지로 분장하고 거리로 나갔습니다. 그렇게 열흘이 지 나니 필요한 돈을 다 모을 수 있었습니다. 기자 월급보다 훨씬 많 은 돈을 번다는 게 그렇게 신기할 수 없었습니다. 그래서 자존심 을 내려놓기로 한 것입니다. 사표를 내고 하루 종일 구걸을 했습 니다."

"이렇게 나까지 속일 수 있있죠?"

세인트클레어 부인이 물어보았다.

"당신에게는 정말 미안하오."

네빌은 잠시 머뭇거리다가 다시 이야기를 이어 나갔다.

"직장을 다니는 것으로 꾸미기 위해 인도인에게 방을 빌리고 그에게 각종 잔심부름을 시켰습니다. 아침에 출근을 하는 척하며 인도인이 빌려 준 방에서 옷을 갈아입고 거리로 나갔죠. 그런데 오늘 창문에 서 있다가 아내에게 들킨 겁니다. 그 시간대에 보통 집에 있기 때문에 아내에게 들킬 것이라고는 생각도 하지 못했죠."

"부인을 보고 놀라서 팔을 휘두른 건가요?"

홈즈가 물었다.

"난 정말 놀라서 얼굴을 가리려고 팔을 휘둘렀단다. 하지만 소용없는 일이었지."

홈즈는 세인트클레어 부인을 보고 어깨를 으쓱했다. 세인트클레어 부인은 그 모습을 못 본 체했다. 네빌은 다시 말을 이었다.

"인도인 친구가 아내를 막아 주었지만, 시간이 별로 없었습니다. 재빨리 거지로 분장을 했지만 경찰까지 달려오니 밖으로 나갈 방법이 없었죠. 옷이라도 숨겨야겠다고 생각하고 구걸을 했던 동전을 주머니에 넣고 밖으로 던졌습니다. 동전을 넣으면 떠오르지 않을 것이라고 생각했는데 생각보다 적었던 모양입니다. 다른 옷을 던지기 전에 경찰이 들이닥쳤고, 전 체포되고 말았죠."

"앞으로 명예와 부인과 아이들의 이름을 걸고 다시는 구걸을 하지 않겠다고 맹세할 수 있겠소?"

경찰이 말했다.

"당연합니다. 우리 아이들과 아내에게 떳떳한 사람이 되기 위해 노력할 것입니다. 결코 다시는 구걸을 하지 않겠습니다."

네빌은 세인트클레어 부인의 손을 잡았다.

세인트클레어 부인은 아무 말도 하지 않았지만, 잡은 손을 뿌리치지도 않았다. 이제 앞으로의 일은 두 사람의 몫이었다.

"그런데 어떻게 거지가 네빌 씨란 걸 알았지, 홈즈?"

세인트클레어 부인과 네빌이 돌아간 후 경찰이 물었다.

"글쎄요, 언제나 가장 가까운 곳에서 시작하는 법이죠. 누군가 납치되었다는 아무 증거가 없다면 아무도 납치되지 않은 것이죠. 안 그래요?"

경찰은 고개를 끄덕이며 말했다.

"종종 놀러 오거라, 홈즈."

* * *

"아, 피곤하군, 왓슨. 오늘은 일찍 자야겠어. 적당한 수면은 하루를 더욱 활기차게 하는 법이지."

홈즈는 고개를 좌우로 움직이며 말했다.

"그래, 잠자리에 들도록 하지. 내일은 오늘과는 다른 또 다른 삶을 사는 것이니까 말일세."

"왓슨, 자네도 이제 세상의 이치를 터득해 가는구면."

"아무리 재능이 선천적인 것이라 하더라도, 후천적 노력이 없이는 밖으로 드러나지 않는 법일세. 나는 자네보다 재능이 없을지 몰라도, 이렇게 하나씩 터득해 가는 것이지."

홈즈는 왓슨을 바라보며 빙그레 웃었다.

"그래서 내가 자네를 좋아한다네. 잘 자게 왓슨."

홈즈는 하품을 하며 자기 방으로 들어갔다.

홈즈의 집 창문에 불이 꺼졌다.

〈영화〉 셜록 홈즈
(Sherlock Holmes, 2009)

제목 : 셜록 홈즈

개봉 : 2009.12.23.

등급 : 12세 관람가

장르 : 액션, 모험, 범죄, 드라
마, 미스터리, 스릴러

국가 : 영국, 오스트레일리아, 미국

러닝타임 : 128분

배급 : 워너 브러더스 코리아㈜

소개

홈즈는 여자를 납치, 살해한 블랙우드를 체포한다. 블랙우드
는 가사상태로 만드는 약초를 이용해 왓슨의 검시를 통과하고,
비밀결사의 권력을 손에 넣기 위해 간부들을 차례로 살해하며,
트릭을 통해 마치 신비로운 힘으로 그들을 살해한 것처럼 위장
한다. 최강의 콤비 플레이로 사건을 파헤치던 홈즈와 왓슨은 세
상을 파멸시킬 거대한 음모와 마주하게 된다.

〈영화〉 셜록홈즈 2 : 그림자 게임
(Sherlock Holmes: A Game of Shadows, 2011)

제목 : 셜록홈즈: 그림자 게임

개봉 : 2011.12.21.

등급 : 15세 관람가

장르 : 액션, 모험

국가 : 미국

러닝타임 : 128분

배급 : 워너 브러더스 코리아㈜

소개

거대한 음모에 맞선 홈즈의 활약이 다시 펼쳐진다. 홈즈는 연쇄 폭탄 테러와 강대국들의 전쟁 위기 고조 등 세계에서 일어나고 있는 사건들이 모두 연결되어 있고 그 배후에는 모리아티 교수의 더 큰 음모가 숨겨져 있음을 직감한다. 조사 과정에서 만나게 된 묘령의 여인을 통해 살인사건에 대한 정보를 얻지만 이로 인해 그녀는 킬러의 다음 목표물이 된다.

〈미드〉 엘리멘트리 7(Elementary)

제목 : 엘리멘트리 7(Elementary)

미국드라마(완결, CBS 2019.05.23.~ 2019.08.15. 13부작)

국가 : 미국

출연진 : 루시 리우, 조니 리

밀러, 에이단 퀸, 존

마이클 힐

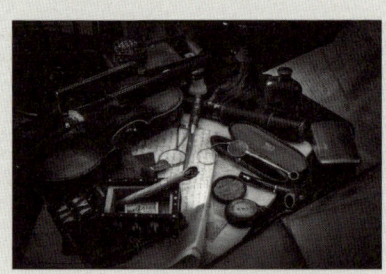

시리즈 : 엘리멘트리 1~7

소개

영국에서 미국으로 돌아오게 된 홈즈는 뉴욕 경찰의 특별 고문이 된다. 그리고 왓슨과 함께 뉴욕에서 일어나는 범죄 사건들을 해결해 나간다.

정의를 가장하지만 희대의 악인인 오딘은 자신의 사업 프로그램을 활용해서 미래의 범죄를 예측해 사전에 제거할 수 있다고 하며 홈즈와 왓슨에게 접근한다. 오딘은 자신만의 정의를 위해 어마어마한 인맥을 쌓아 왔고, 홈즈는 오딘을 잡기 위해 아버지에게 도움을 요청한다.

221b
SHERLOCK
HOLMES
THE SHERLOCK HOLMES MUSEUM
SOUVENIRS BOOKS ANTIQUES AND CURIOS
Open